大江戸秘密指令1

隠密長屋

伊丹 完

二見時代小説文庫

目次

大江戸秘密指令１——隠密長屋の十人

第一章　隠密長屋

一

明け六つの鐘が鳴る頃、勘兵衛《かんべえ》は毎朝目を覚ます。長年の判で押したような平穏な暮らしが身についているのだろう。

今年五十となり、楽隠居と思っていたら、まだまだお役御免とはならなかった。人生、一寸先は何が出来《しゅったい》するかわからない。

寝床のなかで取りとめもなく思いをめぐらし、ぼんやりまどろむのは心地よい。が、じわじわと迫る尿意には勝てず、さっと起き上がる。若い頃から心身ともに鍛えていても、これればかりはままならぬ。

素早く着替えて階段を下りる。

「旦那様、おはようございます」

台所で朝餉の支度をしていた番頭の久助《きゅうすけ》が前掛けで手を拭きながら、勘兵衛に挨拶する。

「うむ、おはよう」

厠《かわや》に急ぎ、ささっと用を済ませ、座敷に戻ると、久助が控えている。番頭とはいえ二十そこそこ、小柄で童顔なので、前髪なら小僧と間違えられてもおかしくない。

「お茶でございます」

「おお、すまぬ」

勘兵衛は正座し、すっと背筋を伸ばしたまま、盆に載った茶を喫する。香りよく、熱からず温《ぬる》からず、ほどよい加減である。

「あの、旦那様」

「なんじゃ」

「失礼とは存じますが、一言」

「申せ」

「今、おお、すまぬ、とおっしゃいましたが、ちと固すぎるように思います。そこはもう少し軽く、すまないね、ぐらいでよかろうかと。なんじゃはなんだい、申せは言ってごらん、というように」

「おお、そうか。相わかった」

久助は小首を傾げながらも軽くうなずく。

「間もなく御膳の支度は整いますが、いかがなさいます」

「そうだな。朝飯前に長屋を見回るとしよう」

起き抜けよりも、少し体を動かしたほうが食欲は増す。

「承知いたしました。今日も天気はよろしゅうございますよ。では、お戻りまでに用意いたします」

表の鎧戸《よろいど》はすでに開いていて、店内に所狭しと並べられた絵草子、浮世絵、戯作本などを早朝の日射しがうっすらと照らしていた。

ここは日本橋《にほんばし》田所町《たどころちょう》、横町にある絵草子屋で屋号は亀屋《かめや》。勘兵衛は三日前からこの店の主人なのだ。奉公人は番頭の久助ひとりだけ。飯炊きから掃除、店番、客の応対、帳簿付けまでなんでもこなし、勘兵衛の身の回りの世話までする。小僧も女中も置いていないので、ひとりで独楽鼠《こまねずみ》のようによく働く。ちょこまか動くところは子《ね》年の生まれかもしれない。

亀屋は小さいながらも一軒家で二階建て、まだ開店したばかり。通旅籠町《とおりはたごちょう》の表通りに大きな店舗を構える地本問屋《じほん》、井筒屋作左衛門《いづつやさくざえもん》の家作であり、出店《でみせ》のようなものだ。勘兵衛は店主としてこの店を任されることになったが、番頭の久助が店を卒《そつ》なく切りまわしている。

久助は井筒屋の元奉公人で、作左衛門から直々《じきじき》にここの番頭を命じられている。若いが何かにつけてよく気がつくのは感心だが、気がつきすぎて、勘兵衛の言葉遣いや立ち居振る舞いに細かく口をはさむので、いささか持て余す。

戸を開けると、なるほど、外は快晴である。

「行ってらっしゃいませ」

すっかり明るくなってはいるが、早朝の町はまだ喧噪とはほど遠く、ちらほらと歩いているのは朝から豆腐や納豆を商う棒手振りや野菜を担《かつ》いだ近隣の百姓ばかり。

亀屋のすぐ横の路地にある裏長屋はすでに木戸が開いている。どこの長屋も夜中には木戸を閉め、明け六つには開ける決まりなのだ。

勘兵衛はゆっくりと木戸を入っていく。路地を挟んで、北側に五軒、南側に五軒、合わせて十軒の割《わり》長屋。奥に井戸があり、さらにその先に厠と掃きだめ、どこにでもあるような裏長屋だが、建ってまだ新しく、木材の香りが心地よい。

「あらっ、大家《おおや》さん、おはようございます」

井戸端で大根を洗っていたお梅《うめ》が勘兵衛に声をかける。

「おお、おはよう。お梅さん、早いのう」

入って北側の一番手前に住むお梅は歳の頃は六十をいくつか過ぎており、稼業が産《さん》婆《ば》で、朝はいつも早く、長屋の木戸を開けるのもお梅の役目になっている。

「大家さんこそ、お早いですねえ」

長屋の名前が勘兵衛長屋。ここもまた井筒屋の家作であり、勘兵衛は三日前から表の絵草子屋の主人をしながら、この長屋の大家も兼ねている。長屋の見回り、店子《たなこ》の世話、近辺の大家との付き合い、町内の行事の世話役、交代で自身番に顔を出し、なにかあれば町奉行所の同心や御用聞きとも応対するとのこと。大家になったばかりでまだよくわからないが、こちらの仕事のほうが絵草子屋よりも実のところ、はるかに大変そうである。

お梅と勘兵衛の話し声が聞こえたので、長屋の店子たちがそれぞれ戸を開けてぼつぼつと顔を出す。

「大家さん、おはようございます」

「うむ、おはよう」

勘兵衛は鷹揚に挨拶する。

北側の木戸のとっつきが産婆のお梅、その隣から順に大工《だいく》の半次《はんじ》、ガマの油売《あぶらう》りの浪人 橘《たちばな》左内《さない》、鋳掛屋《いかけや》の二平《にへい》。南側が手前から箸《はし》職人の熊吉《くまきち》、小間物屋《こまものや》の徳次郎《とくじろう》、易者《えきしゃ》の恩妙堂玄信《おんみょうどうげんしん》、飴屋《あめや》の弥太郎《やたろう》、女髪結《おんなかみゆい》のお京《きょう》。十軒長屋だが北側の奥が空き店なので、住人は九人。今朝も顔触れは全員そろっている。

総体に江戸《えど》の町には長屋が多い。武士たちの住む広々とした武家地と違って、狭い町場に大勢の町人がひしめきあい、ほとんどが自分の家など所有せず借家住まいで、またその大半が裏長屋に暮らしている。

勘兵衛長屋もそんなありふれた裏長屋のひとつだが、この長屋には夫婦者がいない。親子もいないし、子供もいない。稼業も年齢も様々だが、九軒の店子がそれぞれみな独《ひと》り者なのだ。

ここは半年前までは老朽化した安普請の棟割《むねわり》長屋で、壁は傾き、屋根は剝がれ、地震でもあった日にはすぐにも倒れそうなあばら家だった。店子もひとり欠けふたり抜け、年寄りの歯抜けのように空き家が目立っていた。それを通旅籠町の井筒屋が買い取り、わずかに残った店子にはまとまった金を渡して立ち退かせ、きれいさっぱり取り壊し、新しく建て直したのである。

この半月ほどの間に、新築の長屋に次々と九人の店子が入居し、三日前に勘兵衛が井筒屋に大家として雇われた。たいていの長屋は大家の名がついている。ゆえにここは、田所町の勘兵衛長屋と呼ばれる。

勘兵衛は井戸端で店子一同を見回す。

「みんな、今日も一日、よろしく頼むぞ」

「へーい」


勘兵衛には絵草子屋の主人と長屋の大家の他に、もうひとつ別の顔がある。

元は出羽国《でわのくに》、小栗《おぐり》藩七万石、松平《まつだいら》家の勘定方《かんじようかた》でその名を権田又十郎《ごんだまたじゆうろう》といった。

国元は奥羽《おうう》だが親の代から江戸詰《えどづめ》で、生まれ育った江戸を出たことはなく、この歳になるまで奥羽はもとより千住《せんじゆ》から先へは足を延ばしたこともない。

父は軽輩ではあったが堅物の勘定方で、又十郎は幼い頃より算盤《そろばん》と算用を父に厳しく仕込まれた。珠《たま》のはじき方が遅かったり、答えが違っていたりすると、容赦なく平手が飛んできた。ときには算盤の角で頭をごつんと打たれることもあり、これは平手よりもずっと痛かった。大切な道具で頭を叩くなんてと、又十郎は父を憎み、算盤を憎んだ。

ちまちまと銭を数えるような勘定方にはなりたくない。元服前から湯島《ゆしま》にある山岸《やまぎし》道場に通い、剣術修行に励んだ。剣の腕さえ上達すれば、勘定方よりももっと誇らしい重いお役目につけるに違いない。めきめきと腕をあげ、十九で免許皆伝となった。だが、父は喜んでくれなかったし、天下泰平の世の中では、いくら武術に優れていても、結局出世とは結びつかなかった。

又十郎が二十のとき、父の又右衛門《またえもん》が卒中で倒れた。三日三晩鼾《いびき》をかき続けて寝込んだ父が突然目を覚まし、又十郎を枕元に呼んだ。

父を恐れ遠ざけていたので、普段はほとんど会話がなかったが、このとき、又十郎は父の言葉を嚙み締めるように聞いたのだ。

おまえは武士が銭勘定など女々《めめ》しい仕事だと思っているのだろう。人にはそれぞれお役目がある。わしがおまえを厳しく仕込んだのは、勘定方もまたお家を守る大切な仕事だからだ。お家の財政は国元の米の穫れ高に左右される。台所が苦しければ、商人は喜んで金を貸すだろう。だが、借りれば多額の利息が生じる。返せなければますます借りが膨れ上がる。それゆえ勘定方はしっかりと帳簿を見極め、一文の銭もおろそかにせず、帳尻を合わせなくてはならぬ。一文を軽んずれば百文を軽んずることになる。百文が一両、一両が十両、十両が千両、万両となり、お家の存亡にかかわる大事となる。そのためにも勘定方は心して算盤をはじかねばならぬのだ。

「わしはおまえの剣の腕を誇らしく思う。剣の修行は武士として大切だ。そして、算盤もまた」

それが父の最期の言葉であった。

又十郎の免許皆伝を父がだれよりも喜んだことを母から聞かされたのは葬儀のあとだった。いっしょに喜んでくれればよかったのに。父はそんな男だった。

家督を相続し、又十郎は勘定方のお役目に就いた。それから三十年、地道に働いた。律儀で実直だが、頑固で一本気なところがあり、上役の受けは芳《かんば》しくなく、出世とは無縁だった。

母も亡くなり、妻も二年前に亡くなった。妻との間に子はいない。武家に跡取りがない場合、当主が死ねば家は潰れる定めである。親も兄弟もなく、長年連れ添った妻とも死別し、親しく付き合う親戚もない。自分が死んだあとのことまで考えなくてもよい。そう思っていたのだが。

権田の家を潰してはならぬ。

昨年、国元の遠縁から話があり、そこの三男と養子縁組をした。新三郎《しんざぶろう》という田舎育ちの純朴な若者だ。今年に入って勘定方の見習いとして出仕させた。同時に又十郎は隠居願いを出した。

跡取りができた以上、のんびり余生を送るのも悪くない。新三郎に家督を譲れば、たいした蓄えもないが、贅沢《ぜいたく》とも無縁なので、細々《こまごま》と暮らしは立つだろう。

隠居願いを出して、間もなく許しが出た。いよいよ楽隠居である。ずっと遠ざかっていた道場に通い、若い者に交じって木刀でも振ってみようか。今更、年寄りの冷や水と笑われるだろうか。

湯島の妻恋町《つまこいちょう》にある山岸道場は昔と変わらない。門人たちの打ちあう竹刀《しない》や木刀の音、気合の声が塀の外まで響き渡る。

「おおっ、又さん、これは珍しい。久しぶりだな」

又十郎がぶらりと入っていくと、道場主の山岸倉之助《くらのすけ》がうれしそうに声をあげた。先代の息子で又十郎より二つ下、前髪の頃から木刀で打ちあった仲で、気心は知れている。稽古《けいこ》のあと、父に算盤で殴られた愚痴をこぼすと、倉之助は言ったものだ。

算盤なんてまだいいよ。毎日親父から木刀でしごかれる俺の身にもなってみろ。

同僚とも親しく交わらない又十郎にとって、倉之助は幼馴染であり、唯一の友と呼べる男だった。

「無沙汰をしたな」

「うん。おまえさんに会うのは二年ぶりだ。お信乃《しの》さんの」

「ああ、そうだったな。その節は」

親しい友といいながら、最後に顔を合わせたのは妻の葬儀だった。

「後添《のちぞ》えはもらわなかったのかい」

「おまえといっしょだ」

倉之助の妻は又十郎の妻より半年早く亡くなっており、そのときの落胆ぶりは今思い出しても、哀れだった。

「男やもめに蛆《うじ》がわくってか。お互い、亭主は人一倍頑丈なんだが、女房運が悪いや」

倉之助は師範役の門弟にあとの指図をし、又十郎を奥へ誘う。

「で、どういう風の吹きまわしだい。今日は久々の稽古かね、又さん」

「いやあ、実は昨年、国元から養子をもらったので、このほど隠居することにしたのだ」

「隠居だって」

倉之助は驚く。

「そうか。もういい歳になるんだな。お互い様だがね」

「老いぼれる前にお役御免を願い出て、あとは好きなことをしながらのんびり暮らそうと思ったのだが」

「そんな了見じゃ、いっぺんに老け込むよ」

「うむ。好きなことをしながらと思ったのだが、考えてみれば、好きなことがなんにも思い浮かばぬ」

　倉之助はぷっと噴きだす。

「なんかあるだろう。飲む、打つ、買うとか」

「馬鹿者っ」

　又十郎は倉之助を睨む。

「おまえさん、昔から洒落《しゃれ》が通じないね。だけど、ほら、隠居といえば、謡《うたい》をうなるとか、詩を吟《ぎん》ずるとか」

　又十郎は首を振る。

「ないのかい。囲碁、将棋、茶の湯、釣り、和歌、俳諧、盆栽、写経」

「ない。だからここへ来た」

「なるほど」

　倉之助は合点する。こいつ、昔から野暮《やぼ》だったからなあ。

「又さんらしいや。お屋敷でのお役目一筋、なんの道楽もなく、それで思いついたのが若い頃から打ち込んだ剣術というわけだな」

「俺も五十になった。思えば、俺の父が亡くなったのが五十のとき。父もまたお役目一筋で、楽隠居する間もなかった」

　思えば父にも道楽らしい道楽はなかった。非番の日は幼い又十郎に算盤を教え、気に入らなければ打擲《ちょうちゃく》することが唯一の道楽だったのか。

「なら、ときどき遊びに来ればいい。おまえさんの腕は俺といい勝負だ。なにしろ、免許皆伝だからね。親父がよく言ってたよ。又十郎を見習えって」

「いや、俺はもう、ずっと稽古を怠っている。一から修行をし直さねば、とてもおまえとは勝負にならん」

「どうだい。うちには力のある若いのがそろっているよ。試しに一汗かいてみちゃ」

　もとよりそのつもりであった。このところ素振りすらしていない。免許皆伝などといっても日頃の鍛錬を怠れば、腕はなまっているはずだ。

　江戸では様々な流派が町道場を構えており、近頃では町人の入門を許し、美しい型を指南するところも増えたが、山岸道場は泰平の世にあって、実戦向きで稽古は厳しかった。門人は武家に限られ、場所柄、直参《じきさん》の子弟が多い。

又十郎は手にした木刀を軽く素振りし、若者たちの汗の臭いのこもる道場に立った。

「吉村《よしむら》」

「はいっ」

倉之助に声をかけられた門弟がすっと立ち上がる。歳の頃は二十七、八。すらりと背が高く、品《ひん》のいい整った顔立ちである。道場には数年ぶりなので、初めて見る顔だった。

「吉村為次郎《ためじろう》と申します。一手、お手合わせ願います」

「権田又十郎でござる。こちらこそ、よしなに」

お互い一礼して、間合いを取る。

門人たちは緊張したまなざしでふたりを見つめる。

又十郎は胸の内で長らく眠っていた闘志がふつふつと湧き上がるのがわかった。相手は落ち着き払っている。よほど自信があるのだろう。

「たあっ」

気合とともに素早く打ち込んでくるのを軽くかわすと、相手の顔に狼狽が浮かんだ。

又十郎はほとんど動かない。

吉村が距離を詰めると、又十郎は静かに後ろに退く。目と目が合い、吉村が一瞬早く床を蹴りあげ、木刀を振り上げた。すさまじい一撃が又十郎に振り下ろされた。

「それまで」

吉村の一撃は空を切り、又十郎の切っ先は相手の額《ひたい》の正面、一寸手前にぴたりと当てられていた。目にも留《と》まらぬ早業《はやわざ》だった。

「おおっ」

思いもよらぬ又十郎の動きに門弟たちの声があがる。

「参りました」

吉村は素直に頭を下げた。

倉之助が大きくうなずく。

「又さん、お見事。さすがだね。吉村はお旗本の次男で、うちではできるほうだ。又さん、腕は全然なまっちゃいないよ。どうだね、お屋敷でお役御免なら、ここで指南役として、若いのに教えてくれないか」

隠居になって間もなく、又十郎は主君松平若狭介信高《わかさのすけのぶたか》より内々に呼び出された。隠居した軽輩の勘定方を藩主が直々に呼び出すなど、滅多にあることではない。いかなる理由であろう。不都合といえば、ひとつ思い当たることがある。

昨年、殿が老中に昇進なされた。異例のご出世であった。そのとき、上役の組頭を通じて申し立てた意見がお気に障《さわ》ったのであろうか。家中一同、殿の出世を祝い、喜びで舞い上がっていたが、その準備やあれこれに一万両の出費があった。一万両とは法外である。十年前の飢饉からなんとか立ち直ってはいるが、いつまた災害に襲われるか。今はまだ藩の財政にゆとりはないのだ。

老中就任はめでたくとも、勘定方としては浮かれている場合ではない。節約するべき項目を算出し、なるべく出費を抑えにかからねばなりませぬとの上申書を勘定方から提出するよう組頭を説得した。組頭の金子源五郎《かねこげんごろう》は嫌な顔をしていた。姑息《こそく》な上役であり、又十郎の正論に悪意が加味され歪んで伝えられたかもしれぬ。

殿は名君との評判で、藩政を立て直すのに尽力なされ、質素倹約を自ら実践なされた。だが、その反面、一本気でなんでも思い通りにならぬと気がすまぬお方とも伝わっている。実際にお目見えしたことはなく、ご気性はわからない。めでたい老中就任に水を差すような悪口とお取りになられたとすれば、このたび呼び出されたは、ご勘《かん》気《き》によるお咎《とが》めであろうか。

又十郎は広間の入口でじっと平伏している。

はるか上座の若狭介は三十過ぎ、細面の美形で気品あり。十年前に小栗藩を家督相続し、昨年若くして幕閣となるほど英邁《えいまい》な主君である。

「権田又十郎、面《おもて》を上げよ」

殿の脇に控えている家老の田島半太夫《たじまはんだゆう》が声をかける。

「ははあ」

又十郎は心持ち、顔を上げる。半太夫は髪は白く、痩せて相貌も青白い。長年小栗藩に仕《つか》え、若い主君を支える老練な江戸家老である。

「苦しゅうない。近う」

若狭介から直々に声がかかる。

「ははっ」

又十郎は静々と膝行《しっこう》し、若い主君の前に深々と平伏する。

「この者、若きより武芸に通じ、隠居したとは申せ、剣をとっては家中に並びなき腕前にございます」

半太夫の言葉に若狭介はうなずく。

「さようか。又十郎、重畳《ちょうじょう》である」

「ははあ」

おや、剣の腕前を褒められた。殿もご家老も穏やかな顔をしておられる。では、お咎めではなかったか。

「長い間、勘定方でよう励んでくれた」

「いえ、お家のためでございます」

「そちの進言、一万両はちと無駄すぎると。あれにはこたえた。が、老中ともなると、なにかと物入りでのう」

又十郎ははっとする。やはりお咎めであったか。どのような処罰がくだされても、潔《いさぎよ》く受けるしかあるまい。

「実はのう、又十郎」

「ははあ」

「死んでくれ」

いきなり言われて、又十郎は息を吞み込む。が、平然と落ち着き払い、その場にひれ伏す。

「承知いたしました」

「わけを聞かぬのか」

「ご下命《かめい》とあらば、いかなるお咎めも受ける所存でございます」

武士の言い訳は見苦しい。見事この腹かっさばいてみせよう。

「咎めと申すか」

若狭介は首を傾げる。

「これ、又十郎」

半太夫が言う。

「そのほう、なにか思い違いをいたしておるのではないか。殿はそのほうを咎めてはおられぬぞ」

「いえ、わたくし、殿のめでたき老中ご就任に水を差しましたるは甚《はなは》だ不忠《ふちゅう》」

それを聞いて若狭介は笑う。

「いやいや、わしも常より質素倹約はなにより大事と心がけておる。そちのような忠義の者が勘定方でお家に尽くしてくれたのは、なによりである」

苦言によるお咎めでないとすれば。

「はて、では、死ねと仰せられますのは」

「そのほう、算盤もできるが、武芸にも通じておろう。その腕を見込んで、そちの命、もらいうけたい」

お咎めではなかった。

「わたくしの命がお役に立ちますのなら」

「死んでくれるか」

「喜んで」

　お役目を終え、この先は楽隠居と思っていたが、とくに思い残すこともない。勘定方では存分に発揮できなかった剣の腕。いつでも死ぬ心構えはできている。英明で名君の誉れ高い殿が己《おの》が腕を見込んでの頼み、死ねとの仰せはよほどのことであろう。いかなる苦難にも捨て身の覚悟で立ち向かうまでのこと。今は戦乱の世でもない。この泰平の時世に主命によって命を捨てるのは武人の名誉、武士として本望である。

　若狭介は半太夫と顔を見合わせる。

「半太夫、そちの申すとおり、権田又十郎、いかにも腹の据わった男じゃのう」

「さようにございます」

　又十郎をじっと見る若狭介。

「よし、又十郎。そのほう、すぐにも死んでくれ」

「御意」

　若狭介は満足そうにうなずく。

「権田又十郎は死に、この後は日本橋の裏長屋の大家として生まれ変わるのじゃ」

「ええっ」

死ねと言われても平然としていた又十郎だが、これには思わず声が出た。

二

一年前、老中に任命された松平若狭介信高は希望に満ち、末席ながら意気揚々と江戸城本丸の御用部屋に詰めた。

出羽に七万石を領する小栗藩松平家、松平を名乗っているが親藩御家門《しんぱんごかもん》でもなければ御三家御連枝《ごさんけごれんし》でもない。神君以前の縁戚《えんせき》で徳川宗家《とくがわそうけ》に家臣として仕えた譜代《ふだい》の家柄であり、大坂《おおさか》夏の陣の功績で小栗城主となった由緒正しい家柄である。

若狭介は十年前に先代である父信由《のぶよし》の死により小栗藩を家督相続した。当時の奥羽は陸奥《むつ》も出羽も打ち続く飢饉に苦しんでおり、国元は疲弊をきわめていた。

民を養うことこそ治国の基本である。

それが亡き父の教えであった。

若き若狭介は質素倹約を自ら率先し、すべての家臣に徹底させた。あらゆる行事を簡素化し、年貢《ねんぐ》を緩和し、豪農に備蓄米を拠出させ、領民救済に力をそそいだ。その甲斐あって餓死者を出さず、一揆《いっき》も起こらず、三年足らずで小栗藩の財政は立て直された。

もちろん、一筋縄ではいかなかった。若狭介がなにか断行しようとするたびに、多くの家臣たちが反対した。衣服を木綿《もめん》に改めようとすれば、絹《きぬ》がご定法《じょうほう》であると反対する。大名家の衣食住にはいちいち決まりがあった。年貢の緩和など先例にございませぬ。もってのほかと阻止された。備蓄米の拠出は豪農たちの猛反発に遭った。

たしかに先人が苦労して決めたご定法はおおむね正しく、守るべきであろう。が、今は非常の時である。若狭介は家臣たちと協議を重ね、説得に努めた。ご定法とはいえ、それを破ることも生きる術であり、新たな前例となる。要は民を生かすこと。民を養うことこそ治国の基本であると。

「殿はなんとも型破りなお方じゃな」

反対していた国元の重臣たちも結局、呆れながらも若狭介の一途さに折れた。江戸家老の田島平太夫は陰になり日向《ひなた》になり、全面的に若狭介を助けた。その後、国元は安定している。

昨年、若狭介を老中に推したのは老中首座の牧村能登守《まきむらのとのかみ》である。歳の頃は五十半ば、なかなかの苦労人であり、寺社《じしゃ》奉行から側用人《そばようにん》を経て老中となり、老中首座に上り詰めた。

今、幕府の財政は厳しく、江戸城の御金蔵は底をついている。十年前の大飢饉、その後も凶作は続き、ただでさえ不足している備蓄米を金銭に代えなければやっていけない。お上の米櫃もまた空なのだ。

十年前の飢饉の際に小栗藩を見事に立て直した若狭介の実績を高く評価し、老中に加えて幕政を改革したいという能登守の意見が他の老中に認められた。老中は首座の牧村能登守を筆頭に、森田《もりた》肥前守《ひぜんのかみ》、大石《おおいし》美濃守《みののかみ》、宍倉《ししくら》大炊頭《おおいのかみ》の四人である。そこに新たに若狭介が加えられた。肥前守は還暦前後、美濃守はまだ若いほうで四十後半、驚いたことに大炊頭は七十を過ぎていようかと思われる老人であった。

かつては奏者番《そうじゃばん》、寺社奉行、大坂城代《じょうだい》、京都《きょうと》所司代《しょしだい》、若年寄《わかどしより》、側用人などを歴任して老中に昇進するのが順当であったが、今は柔軟になり、寺社奉行からすぐ老中に選ばれることも珍しくない。が、なんの役職も経ず、将軍との縁故もない一大名がいきなり老中に抜擢されたのは異例の人事である。

これが張り切らずにいられれようか。

「殿、初のお役目はいかがでございましたか」

小石川《こいしかわ》の上屋敷に戻った若狭介を家老の田島半太夫が労《ねぎら》った。

「うむ、まずは御用部屋での茶を飲む作法を覚えねばならぬ。茶坊主め、なかなかうるそうてのう」

ため息をつく若狭介であった。


老中の職務は多忙であるが、もともと聡明な若狭介、半年もすれば受け持ちの案件を若年寄らと話し合い、処理できるようになった。

が、それらの仕事は書類を読み、奥祐筆《おくゆうひつ》に前例を調べさせ、他の老中とともに処理することである。牧村能登守より実績を評価され、要望された幕政改革とはほど遠い。

受け持ちの案件の中にも新たに考慮すべき点が見つかる。そこで奥祐筆に意見を書き加えさせる。が、それを回覧した他の老中が異をとなえる。

「若狭介殿、ここは元のままがよろしかろう」

老中そろっての閣議には末席の若狭介になかなか発言権もなく、それでも財政についての議事が出たとき、思い切って忌憚《きたん》のない意見を述べた。

「わたくし、思いまするに」

不作が続き、米の不足は深刻である。いつまた大きな災害に見舞われるともしれず、そうなれば民が困窮し、人心は不穏になる。まずは江戸御府内で武士も町人も質素倹約を心がけねばならぬ。それには畏《おそ》れながら諸大名はもとより将軍家にも大奥《おおおく》にも贅沢を控えていただくよう願うべきではないか。また、不足を補うために豪商に御用金を課し、余裕のある大名から米を上納させては。

「いかがでございましょうか」

老中たちは顔を見合わせる。

「あいや、よう申された。さすがは若狭介殿。質素倹約のこと、われらも前々より頭を痛めておる。だが、言うは易し。こと大奥に対してはとてもとても、贅沢を控えよなどと、そのようなことは」

そう言ったのは次席の森田肥前守である。大奥は鬼門《きもん》であり、敵に回すとこちらに火の粉が降りかかってくる。もとより将軍を諫《いさ》める気などなく、諸大名との諍《いさか》いも避けたいのだ。

「たしかに若狭介殿、そこもとのご意見、それがしももっともと同意いたす」

腕組みしながら第三席の大石美濃守が言う。

「が、いかがなものかな。武士も町人もことごとくと申されるが、町人に質素倹約を強《し》いるとなれば、商業が衰え、町の活気が消え、町方の不平不満がさらに高まるのではなかろうか。御用金については、利息を相当に上げねば商人どもはよい顔をいたさぬ」

「わしも若狭介殿のご意見に賛同いたす」

第四席の宍倉大炊頭も白髪頭でうなずきながら、若狭介に賛同してくれた。

「賛同はいたすがのう。うーん、武家にせよ、町人にせよ、質素倹約を押し付けるのは甚だ難しい、というより土台無理であろう。余裕のある諸大名より米の上納をと仰せだが、今は諸国、どこもかしこも窮乏しておる。わしのところも同様じゃ、ない袖は振れぬ」

みなみな同意とやら、賛同したとやら、口先で若狭介を持ち上げながらも、結局のところ首を横に振っている。

「若狭介殿」

老中首座の牧村能登守が気の毒そうに言う。

「そこもとの申される質素倹約はたしかに正論。お国元では見事、効を奏されたであろう。が、そのまま八百万石の天下に適用するには、さらに深く練らねばならぬ。御用金、米の上納についても同じこと。どうであろうか、ご一同。次回までによい工夫をご思案くだされ。それでよろしゅうござるか」

「御意」

「では、まず、今日はこれまで」

若狭介は老中一同を見回す。

「あ、しばらく。それでは、方々だけでもご倹約のほどをご検討くだされたく」

大石美濃守が不快そうにため息をつく。

「相わかった。が、われらとて、倹約と申しても、一朝一夕にはまいらぬ」

能登守が場を収める。

「若狭介殿。その件についても、また次回といたそう」

ただ闇雲に質素倹約、御用金、上納といっているわけではない。簡単にいかぬのはわかっている。だからこそ、実現させるにはどうすればよいか、方策を話し合いたいのだが。


その後も末席である若狭介はなかなか意見が言えず、たまに口を挟んでもぬらりくらりとはぐらかされる。率直な提案が取り上げられることはなかった。せっかく自分を起用してくれた能登守にも申し訳ない。

「若気の至りの若狭殿」

だれが言うのか、若狭介を揶揄《やゆ》するそんな声が耳に入った。異例の抜擢を妬《ねた》んでのことであろう。

他の老中が下がったあとも、寒々とした二十畳の御用部屋にひとりぽつんと残り、考え込む若狭介であった。

「お茶でございます」

茶の盆を捧げ持ち、静々と近づいたのは同朋衆《どうぼうしゅう》、茶坊主の田辺春斎《たなべしゅんさい》である。

「うむ」

「どこかご気分でもすぐれませぬか」

「いや、大事ない」

ふと思いついて、若狭介は春斎に尋ねる。

「そのほう、存じておらぬか。このような戯言《ざれごと》を。若気の至りの若狭殿」

春斎ははっとする。

「いえ、存じませせぬ」

「まことか」

若狭介はじっと春斎の目を見つめる。

「うーん、弱りました」

「どうした」

「実は少々耳にいたしております」

坊主頭を撫でながら、春斎は上目づかいで若狭介を見返す。

「そうであろう。肥前守様、美濃守様、大炊頭様のお三方が評定でわしの意見にことごとく反対なされる。出すぎるつもりはないのだが、疎《うと》まれておるようじゃ」

「若狭介様」

春斎が言う。

「わたくし、あなた様がご老中になられて、初めてお見受けした際、なんと真っすぐなお方かと感心いたしました。誠実で気骨のあるお人柄、清廉潔白、謹厳実直、公正無私、ですが」

春斎は言いよどむ。

「なんじゃ」

「いえいえ」

「申してみよ」

「では失礼ながら」

「うむ」

「生意気な若造じゃと」

「なんと申すか」

「まことにもって」

　春斎は畳に額をすりつける。

「どうか、ご無礼の段、平に、平にご容赦くだされませ」

「そうであったか。こやつめ、わしの茶の飲み方がどうのこうのと、いちいちうるさく注文をつけおったな」

「平に、平に」

　若狭介は苦笑する。

「うむ、許してつかわす」

　顔を上げた春斎はけろりとして、卑屈な笑みを浮かべる。

「お許しくださいますか。はあ、申し訳ございませぬ。が、若狭介様は今でも一本気なご気性は変わらず。御用部屋での真っすぐなご意見、わたくし、ほとほと、陰ながら感心しております」

「世辞《せじ》を申すな」

「茶坊主でございますれば、世辞は世渡りで」

　再び苦笑する若狭介。

「だがのう、あのお三方に疎まれては、なかなかお役に立てぬ。せっかくわしを推挙してくだされた能登守様に申し訳なくてな」

「若気の至りの若狭殿でございますなあ」

「なにっ」

若狭介はぐっと春斎を睨みつける。

「お気を悪くなされましたか。なるほど、一本気なお方。お若うございます」

「なんと申す」

「たしかにご老中方、みな、あなた様の遠慮のない歯に衣《きぬ》着せぬご意見を疎んじておられます」

「うむ。そのようじゃ」

「が、その中でも、どなた様よりも一番あなた様を煙たがっておられるのが能登守様なのでございますよ」

若狭介は驚く。

「世迷言《よまいごと》を申すな。わしをたばかりおるか」

「ご勘弁くださいませ」

春斎は首を傾げる。

「うーん。ですが、ご存じないとは、お気の毒」

「なにを申す。能登守様はいつもわしを庇ってくださる。なによりもわしを老中にお取り立てくだされたのが能登守様ではないか」

「その通りでございます。ですが、なにゆえ能登守様があなた様をご老中に推されたか」

「それは、自分で言うのも口幅ったいが、わしの国元での所業をお認めくださり」

春斎はうんうんとうなずく。

「そもそも、それが違うておりますな」

「どう違うのだ」

「さあて、申し上げてよいものやら」

「言うてみよ」

「では、申し上げますが、どうも申し上げにくい」

春斎はもったいぶる。

「よいから、申せ」

険しい語気で若狭介が春斎を睨む。

「ははあ。たってとならば、申し上げます。昨年、ご老中のおひとり、井坂日向守《いさかひゅうがのかみ》様が急な病《やまい》でお亡くなりになりました。ご存じでしょうか」

「うむ、そうであったな。わしが日向守様の後任に選ばれたと聞いておる」

「五人いたご老中が四人となり、まあ、四人でも事足りますが、実は、ここに寺社奉行の斉木《さいき》伊勢守《いせのかみ》様がご老中職を望んでおられるとの噂。ご存じですか」

「知らん」

そんな噂は聞いたこともなかった。

「伊勢守様は能登守様とあまりお仲がよろしゅうございませぬ。伊勢守様はどうやら大奥の御年寄《おとしより》を後ろ盾になさっておられるとか。この御年寄、滝路《たきじ》様といい、ご権勢を誇るお方。伊勢守様がもしご老中に就任なされば、ことごとく能登守様と対立なされるは必定《ひつじょう》。しかも大奥が伊勢守様にお味方。これは厄介《やっかい》。そこで能登守様は先手を打たれた」

「先手」

「それがあなた様でございます。十年前の飢饉で餓死者を出さず国を立て直されたご功績。由緒あるお家柄であり、お国元では名君と慕われる藩主様。松平若狭介様こそが老中に適任。名君の誉れ高い若狭介様ならどなたも反対なさるまい。伊勢守様の老中就任を阻み、自分の意のままになる若い大名を老中に据えれば一石二鳥」

「それはまことか」

「わたくしの出まかせではございません。この噂、御用部屋の中で知らぬは若狭介様ばかりかと」

あまりのことに呆然とする若狭介であった。異例の抜擢にそんないきさつがあったとは。

「この上は、若狭介様、あまり我を通されぬほうがよろしかろうと存じます。出る杭は打たれるとやら。なにかと悪目立ちなさると、ご老中首座能登守様に嫌われてご解任ともなりましょう。老婆心《ろうばしん》から申しましたが、どうか茶坊主の戯言、お聞き逃しのほどを」


自分は能登守の保身のため、ただの傀儡《かいらい》として選ばれたのか。

評定で意見が通らなかったのはそのせいか。天下の役に立とうなどとは、世間知らずの思い上がりであった。傀儡は目立つなと。ならば、そんな名ばかりの老中など、こちらから辞めてやるまで。

屋敷に戻った若狭介の態度が尋常ではない。心配した小姓が家老の田島半太夫に伝える。

「殿、いかがなされました」

「おお、半太夫。世の中、思い通りにゆかぬものじゃなあ」

「なにごとでございます」

若狭介は茶坊主春斎から聞いた老中就任のいきさつを語る。

「なんと、なんと」

「能登守め、とんだ古狸《ふるだぬき》じゃ。異例の抜擢、天下のご改革と心躍っていた自分が恥ずかしい」

「そうでございましたか」

「ああ、わしはもう、なにもかもいやになった。なんの力もない飾り物の老中など、辞めようと思う」

悔しそうに肩を落とす主君を半太夫はぐっと見据える。

「殿、それはお考え違いかと」

「なぜじゃ。このまま続けても、とても役には立つまい。わしの意見はなにひとつ通らぬ。飢饉のおり、国元を立て直したといい気になっておったが、あれはわしが藩主であり城主であったればこそ、家臣一同がわしに従うてくれたまで。老中の末席ではだれもわしには従わぬ」

「それでご老中をお辞めなさると」

「そうじゃ」

「ご老中をお辞めになって、どうされるおつもりか」

「そうじゃな。今後は天下のことなどどうでもよい。わが小栗藩のことだけを考えるといたそう」

それを聞いて、半太夫は大きくうなずく。

「なるほど。そうなさいますか」

「他に道はあるまい」

「ご自分の藩のことだけを考え、他はどうなってもよいと」

「そうじゃ」

「わが藩はたしかに立ち直りました。ですが、近隣諸国、まだまだ飢饉の爪痕癒えず、隣国で飢え苦しむ者が増え、一揆ともなりますれば、他人事《ひとごと》ではございませぬ。打ちこわしの輩《やから》が国境を越え、諍いが諍いを呼び、やがて大きなうねりが戦乱の世をもたらしましょう」

「仕方あるまい」

「戦乱ともなれば、なによりも苦しむのは民でございます。諍いのない平安な世の中をつくるのが公儀ご老中のお役目と、わたくし愚考いたしまする」

「わしも半年前はそう思っておった。だが、今のご老中の方々、首座の能登守様を筆頭に、だれひとりそのような雄志は抱かれておられぬようじゃ。諍いのない世の中をつくるより、おのれが厄介ごとに関わらぬことばかりを考えておられる」

「今の世はたしかに乱れております。江戸市中を見ますれば、役人は私利私欲にかられ、町の治安を守るべき町奉行所は力を発揮せず、江戸の民は困窮しております。殿は常々仰せですな。民を養うことこそ治国の基本であると」

「うむ」

「上の者が襟《えり》を正し、民が安穏に暮らせてこそ、真の天下泰平。巷《ちまた》でご政道をないがしろにした様々な不正がはびこれば、やがて江戸で打ちこわしが起こりましょう。せっかくご老中になられたのですから、その地位を活かしながら、まずはこの江戸市中で下々の悪を制し、不正の芽を摘み、世を安寧に導くというのはいかがでしょう」

「江戸市中を治めれば、諸国が治まると」

「日《ひ》ノ本《もと》の手本は江戸でございますれば」

若狭介は笑う。

「半太夫、大きく出たな。日ノ本の手本とは」

「それがおできになるのがご老中」

半太夫の言葉に若狭介は大きなため息をつく。

「だが、どうすれば。末席で傀儡のわしになにができる」

「末席で傀儡なればこそ、叶う手立てもございましょう。まずは、他のご老中方に歩調を合わせ、能登守様には特に逆らわず、うまくおやりなさいませ」

「そんなことで天下のお役に立てようか」

「立てますとも。殿の取柄は一本気なところ。そして、もうひとつ、型破りなところ。わたくしにひとつ型破りな思案が浮かびました」

「その思案とは」

身を乗り出す若狭介に半太夫は提案する。

「少々手荒な世直しはいかがでございましょうか」

「手荒な世直しとな」

「はい。幕閣も役人も信用できぬとあれば、家臣から忠義の士を選び、江戸市中を安寧に導くよう働かせてはいかがかと。決して小栗藩松平家を表に出さず、秘密裡に悪事の根を絶ちまする。巷での正義が江戸の民を動かせば、やがてご老中方のお心をも動かせるかと。それには殿が何食わぬ顔でご老中をお続けなされることが肝要かと存じまする」

三

「それはまた、大胆なことを思いつかれましたな」

井筒屋作左衛門が田島半太夫より柳橋《やなぎばし》の茶屋に呼ばれたのは、それから間もなくのことである。

作左衛門は還暦を過ぎた半太夫とほぼ同じ年頃。痩せて青白い半太夫と違い、中肉中背でふっくらと温厚そうな顔つき、髪は白くなってはいても、年齢よりは若々しく見える。今は日本橋通旅籠町に大きな地本問屋を構えてはいるが、かつては小栗藩の家臣で、半太夫の配下として市中を探索する隠密であった。

「わたくしがお役御免を願い出て藩籍を離れまして、かれこれ二十年になりましょう。あの頃、今のお殿様はまだ前髪の若様でございました」

「そうであったな」

当時から家老職を務めていた半太夫は一瞬、懐かしそうな表情を浮かべる。

「きりっとしたご聡明の若様で、それが十年前にご当主となられ、見事に飢饉の苦難を乗り越えお国元を立て直され、天晴《あっぱ》れ名君とのご評判、わたくしの耳にも入っております。また、このたびはお若くしてご老中にご出世、陰ながらうれしく思っておりましたが……」

半太夫はきまり悪そうに目をそらす。

「はあ、さようなことが」

「わしの進言、殿も乗り気になっておられるが、このような大事、他に漏れてはわが藩はたちどころにご公儀よりお咎めとなるであろう」

「せっかくご老中におなりなさったが、なかなかご意見が取り上げられず、そこで手練れのご家来を選んで密かに巷の不正をただすとは。とんでもないお話、うかがいましただけで、すでにわたくしもただでは済みますまい」

作左衛門は首筋を撫でる。

「このような大事に巻き込んですまぬが、どう進めればよいか。かつて隠密として手腕を発揮したそちの知恵、わしに貸してはくれまいか」

「さようでございますなあ」

作左衛門はしばし考え込む。

「なかなか面白うございます。今の井筒屋があるのは、先代様、そしてご家老様のおかげ。ここはひとつ、この白髪首が飛ぶ覚悟で、ない知恵をしぼってみましょう。かって御奉公したお家に忠義を尽くすのは、なによりの御恩返しでございます」

若狭介は以前と変わらず、御用部屋に詰めた。

いや、以前と比べて周囲の受けがよくなった。案件の書類に目を通し、先例に従い適切に指示をする。

「お若いのに先例をよくご存じじゃ。よくおできになる」

「お若いからこそ、おできになるのじゃ。お歳を召されて話のくどいお方とは大違いじゃのう」

奥祐筆が老齢の宍倉大炊頭を引き合いに出して噂をする。

若狭介は今までの態度を改め、他の老中たちと打ち解け、評議でも我を通さず、みなの決定には謙虚に同意する。ことに老中首座牧村能登守の意見に対しては、あからさまな追従《ついしょう》にならぬよう加減しながら、称賛することを忘れない。

「若狭介殿、このところのお働き、たのもしく思いますぞ」

能登守が満足そうにうなずく。

「いえ、みなさまの御指導の賜物。まだまだ未熟者ゆえ、今後もよろしくお頼み申し上げます」

他の老中が退出したあと、居残って御用箱を整理していると、すうっと茶坊主の田辺春斎が近づいた。

「お茶でございます」

坊主頭を下げたまま盆を捧げている。

「おお、春斎、すまぬのう」

「ははあ」

若狭介は急に思い出したように言う。

「そうじゃ。わしはそのほうに礼を申さねばならぬ」

「はて、なんのことでござりましょう」

春斎は首を傾げる。

「いつぞや、わしに耳打ちしてくれたであろう」

「さあ」

春斎はとぼける。

「おかげで、今はお役目も順調。礼を言うぞ」

「はて、さて、わたくし、いっこうに」

さらにとぼける春斎。

「のう、春斎。一本気だけではことは通らぬ。そのほうに倣《なろ》うて、わしも世渡りいたさねば」

「滅相もないことで」

「これは些少《さしょう》であるが」

若狭介は紙に包んだ心付けをそっと春斎に手渡す。

何食わぬ顔で袂《たもと》にすべり込ませる春斎。

「どうじゃ、これからも、御用部屋の噂に限らず、なにかあれば、耳打ちしてくれぬか」

「ははあ」

黙って畳に額をこすりつける春斎。

若狭介様もこれで、ようやく御用部屋のしきたりを会得なされたようじゃ。志高く意気揚々とお役に就かれても、やがては慣れて、流れに身をまかせるようになる。水は高きから低きに流れるとか。

春斎の胸に一抹の寂しさがふと浮かんでは消えた。

井筒屋作左衛門が柳橋の料理茶屋に着くと、座敷では田島半太夫がすでに手酌でひとり飲んでいた。

「これはご家老様、お待たせいたしました」

「ふふ、殿は常々質素倹約と仰せであるが、たまには茶屋のうまい酒もよかろうと思い、一足先に始めておった」

「では、わたくしめも」

作左衛門が手を叩くと、若い女中がすぐに膳を運んでくる。

「まずは、一献《いっこん》とまいろう」

女中を下がらせて、半太夫が作左衛門に酒を注ぐ。

「おお、これはこれは、畏れ入ります」

ぐっと飲み干す。

「さて、作左衛門、なにやら趣向ができた様子」

「はい、ご家老様の首尾はいかがでございます」

「ぼつぼつと目串《めぐし》は立てておる。家中より武芸の優れた忠義の者、役に立ちそうな妙技のある者、幾人かにしぼって、わしの子飼いの者に探らせておる」

「子飼いとは、忍びでございますな」

田島半太夫は江戸家老として藩の隠密を支配したが、その中には田島家に代々直接っていた。

仕える忍びがおり、江戸市中に潜《ひそ》んだり、国元の城下や隣国に送られ情報収集にあた
「うむ、探索にたけたのがふたりばかり」

「それはようございます。忍びならば、すぐに隠密として役に立ちまする」

「で、そちのほうの手筈、いかがじゃ。面白そうな趣向とやら」

「自分で申すのもなんでございますが、少々突飛《とっぴ》な一手を思いつきまして」

「ほう」

半太夫は興味深そうに乗り出す。

「殿は型破りがお好きなお方、突飛、大いにかまわぬ」

「では、申し上げます。わたくしの店にほど近い田所町に半ば朽ち果てた裏長屋がございます。これをお役に立てればと存じますが」

「朽ち果てた裏長屋とな」

「はい、壁は傾き、屋根は剝がれて、雨なども吹き込みましょう。地震などあった日にはひとたまりもないようなあばら家でございます。安普請の棟割で、店賃なども微々たるものでございましょうが、店子もほとんど住んでおらず、木戸も壊れており、このまま放っておけば、いずれ無宿人《むしゅくにん》が入り込むか、博徒《ばくと》が手慰みに集まるか、さ

らには賊徒《ぞくと》の隠れ家となるか」

「ほう、それは物騒じゃな」

「はい。そこで思い切って、わたくし、このあばら家を買い取ろうかと考えております」

「それはまた」

「あばら家同然なので、まず安値で入手できましょう。これをきれいに壊しまして、新しく長屋を建てます」

「つまり」

「物騒な賊徒の隠れ家になるよりは、ご家老が選ばれた方々を新しい長屋に住まわせてはいかがかと」

半太夫はぽかんと口を開けたままである。

「なんと、手練れの隠密を長屋に住まわせると申すか」

「さようでございます。隠密ならば、巷に潜ませねばなりません。ばらばらとあちこちに潜伏させるより、ひとつところに集めたほうが露見する心配は少なく、指図を与えるにも無駄がございません」

「忠義の家臣を隠密にするとして、みな武士である。おいそれと市井《しせい》の長屋の住人になれるであろうか」

「そこは、なれそうな者だけをお選びなされませ。かく言うわたくしも隠密を仰せつかった際、すぐに町人になりました」

半太夫は思い出す。

「そうであったな。そのほうは町を流す担ぎの貸本屋に身をやつしておった」

「貸本屋というのは、だいたいどこの商家にもお屋敷にも気軽に出入りできますので、いたって重宝な商売でございました」

「それが今は立派な大店《おおだな》の主じゃ」

「お店が開けましたのは、ご家老様のご援助あったればこそ」

隠密の正体を隠すための仮初《かりそめ》の貸本屋であったが、お役御免の後《のち》は武士を捨て、作左衛門は貸本屋を開いた。開業の資金は田島半太夫のはからいで、先代藩主より褒賞として与えられたのだ。商才を発揮した作左衛門は小さな貸本屋を大店の地本問屋に発展させた。

「ふふ、よもや町の裏長屋の住人がひとり残らず隠密とは、だれも思うまい」

「隠密は決して正体を知られてはなりませんので」

作左衛門の提案に納得し、半太夫は大きくうなずく。

「そのほうの趣向、わしは気に入った」

「ありがとう存じます」

「殿にはさっそくにお伝えし、ご判断をあおぐとしよう。さぞかし驚かれるであろうが。ご承諾あれば、さっそくにも取り掛かってもらうぞ」

「承知いたしました。安普請ならすぐにも建ちましょうが、隠れ家となれば、まずは半年ばかりでしっかりした家にいたします」

「半年か。では、その間に手練れの者を厳選いたそう」

「十軒《じっけん》長屋にして、隠密の数は十人ほどがよろしいかと」

「十人か。うーん。なんとかいたそう」

「裏長屋の店子はみな町人、たいていは職人や小商人でございます。隠密の方々にはそのようになりきっていただきます」

「そうじゃな」

半太夫は手を叩く。

すっと唐紙が開いて、さきほどの女中が座敷の入口で手をつく。

「作左衛門、これがわしの子飼いのひとりじゃ」

女は顔をあげて、作左衛門を見た。

「京と申します」

ほう、先ほど膳を運んできたときはまるで目立たなかったが、よく見るとなかなかの美形である。目鼻立ちのすっきりした瓜実顔《うりざね》で、口元にあやしげな笑みを浮かべている。歳の頃は二十過ぎか。いや、もっと上か。忍びならば、ほんとうの名前も歳もわからない。

お京はすすっと作左衛門の横に寄り、酌《しゃく》をする。

「井筒屋の旦那様、おひとつどうぞ」

「おお、ありがたい。別嬪の酌は格別だ」

「まあ、お上手《じょうず》ですこと」

「ときに、お京さん、わたくしどもの話、聞いておられたか」

「はい、壁に耳ありでございます」

作左衛門は半太夫を見て、にやりとする。

「ご家老。このお女中、ぜひとも長屋の店子に加えていただきましょう」

半太夫が長屋の一件を報告すると、若狭介は首を傾げる。

「町方にも長屋があると申すか」

「いえ、お屋敷のお長屋ではございませぬ。下々の町人が多く住まいいたす町場の長屋にございます」

半太夫は裏長屋について説明する。大名が江戸の街中を歩くことは滅多になく、ましてや裏通りの裏長屋など、目にしたこともない。

「なになに、大通りより脇に、ふむふむ、横町を、なに、九尺二間とな。うーむ、さようか。で、そこに家中の手練れを隠密として潜ませるのじゃな」

「はい、みなみな町人に身をやつしまする」

「それは楽しみじゃ」

隠密長屋の案を若狭介は大いに気に入り、その旨、半太夫よりさっそく井筒屋に伝えられる。

作左衛門は田所町の朽ちかけた棟割長屋を横町の仕舞屋《しもたや》込みで安値で買い取り、わずかに残る住人には過分の金を渡して立ち退かせた。脇の仕舞屋はかつて長屋の大家の住まいだったそうだが、すでに空き家であった。

古長屋は取り壊され、井筒屋出入りの大工が請け負い、普請が始まる。

小栗藩江戸屋敷では、田島半太夫によって内々に藩士の品定めがなされていた。江戸詰、勤番を合わせて約二百名、その中から武芸の優れた者、特技のある者を選ぶ。

なるべくなら血縁が少なく、ふっといなくなっても、周囲がさほど気にしないような人物が望ましい。

これはと思う者に白羽の矢を立て、半太夫は配下の忍びふたりに周辺を探らせ、不都合がなければ、まず内々に話をした。

隠密として働いてほしい。

みな一様に驚いた。

隠密は陰の仕事である。名を捨て、家を捨て、身分を捨て、場合によっては命を捨てねばならぬ。どんなに手柄を立てようと、出世とも名声とも無縁である。多額の報酬があるわけでもない。しかも町人に身をやつし粗末な裏長屋に住めとは。

「どうであろう。命を捨てる覚悟で、お家の役に立ってくれぬか」

無理強いはしないつもりである。

が、半太夫に人を見る目があったのか、拒む者はいなかった。小栗藩は殿が名君なら家臣は忠臣ぞろいのようだ。

選ばれた者たちは、若狭介にそれぞれ拝謁し、世のため、民のため、隠密として働くことを直々に命じられた。

身分も年齢も様々である。男だけではなく、中には高齢の寡婦もおり、半太夫の子飼いの忍びもふたり入っている。

長屋が完成するまでの間、それぞれが町人としての生業《なりわい》を身につけるため、理由をつけ、日をずらして屋敷を出ていった。井筒屋作左衛門が彼らに仮の居場所を世話した。

半年後、田所町に新しい長屋が完成する頃には、隠密たちはみなすっかり町の庶民になりきっていた。


長屋には店子を差配する大家が必要である。一癖も二癖もある隠密たちを統率する大家は人一倍武芸に優れ、誠実剛直でなければ務まらぬ。

このたび集まった隠密たち、それぞれ一芸に秀でてはいるが、大家としては、いずれも帯に短し襷《たすき》に長し。半太夫は迷っていた。

権田又十郎の隠居願いが出されたのはそんなときである。半太夫はその名に覚えがあった。

昨年、若狭介の老中就任が決まったとき、家中はみな主君の出世を喜び、浮かれ気分であった。国元より重臣が何人も訪れ、祝宴が開かれた。

小栗藩の領民の間では、若狭介は名君として慕われ、敬愛されている。殿が国を思う気持ち、不作のときも民百姓を守った手立て、それを公儀老中として生かせれば、江戸も諸国も安泰である。

家中が祝宴で酔いしれているそのとき、勘定方組頭の金子源五郎より田島半太夫に上申書が提出された。老中就任の出費にすでに一万両以上かかっている。今後、控えるべき項目が列記されていた。

殿の昇進祝いに水を差す所存か。

半太夫は不機嫌に金子を叱りつけた。

金子は恐縮し、これは勘定方よりの上申ではありまするが、経費を細かく算出し、取りまとめたのは配下の権田又十郎と申す者。めでたい折に不躾《ぶしつけ》であると却下したところ、この者、軽輩ながら勘定方に三十年勤続の古参にて、常々上役に盾突く頑固一徹の困り者。今すぐにでも願い出よ、さもなくば直談判などと申し、そんなことにでもなれば、せっかくの祝賀が台無し。ことを荒立てぬようこうしてまかりこしました次第。まことに申し訳ございませぬ。どうかお気に召さずば、ご随意にお取下げくださいませ。ぺこぺこと頭を下げる。

半太夫が勘定方よりの上申書に目を通せば、なるほど、出費を抑えるべき不要の箇所を的確に指摘している。納得して若狭介にこれを見せると、もっともじゃ。口先だけの世辞よりも、よほど忠義であると喜ばれた。

権田又十郎という者、三十年勘定方に勤続で、古参ながらも軽輩のまま。いずれ目をかけて引き立ててやらねば。そう思いながらも、殿の老中就任で多忙の日々を過ごし、いつしか忘れていた。

その権田又十郎よりこのほど隠居願いがあったのだ。半太夫は思いつき、又十郎の身上を調べてみる。

勘定方での仕事ぶり、律儀で実直、細かいところまで注意深く、きちんと調べ上げ帳尻を合わせる手腕。これはたいしたものではないか。では、なにゆえ出世と無縁であったか。同僚とは親しく付き合わず、歴代の組頭と折り合いが悪かったのもその一因であろう。

一度、収支が十六文足りず、又十郎が帳簿を一から調べ直そうとした。当時の組頭が苛立って、たかが十六文、筆先でちょこちょことなんとかいたせ。なんならわしが懐《ふところ》から小銭を出してもよいと言う。

「それはなりませぬぞ」

又十郎は組頭を睨みつける。

「たとえ十六文とはいえ、お上のお宝、使途不明は見逃せませぬ」

「なら、勝手にいたせ」

又十郎はひとり徹夜で帳簿を調べ直し、ようやく帳尻を合わせた。

たかが十六文で徹夜とは、十六文侍《ざむらい》めが。機嫌を損ねた組頭は又十郎を嫌い、冷遇した。上役が代わってもそんなことが度々《たびたび》あり、それで出世できなかった。が、ひねくれてもおらず、上役を恨まず、もとより出世など望んでおらぬ様子でこつこつと職務に励んでいたとのこと。

さらに調べて、半太夫は驚く。江戸藩邸内に剣の指南所はなく、藩士はそれぞれ外の道場に通っているが、権田又十郎は実戦で名高い湯島の山岸道場で免許皆伝を得ていた。それも十九の若さで。本人はそのことを鼻にかけず、勘定方に剣は不要であり、周囲の者も彼の剣術の腕前を知らなかった。

算盤も達者なら剣もできる。こんな逸材が江戸藩邸にいたことを知らず、半太夫は不明を恥じた。これこそ文武に秀でた得難い人物である。というわけで若狭介に進言し、権田又十郎を隠密長屋の大家に推挙したのだ。

「ええっ」

内々に呼び出され、広間に平伏しながら、又十郎は若狭介を見上げる。

「わたくしが死を賜り、町の裏長屋に大家として生まれ変わるとは、それはいかなることにございますか」

半太夫が長屋のいきさつを説明する。

この半年の間に家中より腕の優れた者、妙技を持つ者、それらを集め、隠密の修行を受けさせ、町人として田所町の裏長屋に住まわせることになった。

「長屋の隠密たちを差配するには、剛直の大家でなければならぬ。そのほうに大家になってもらいたい。隠密の要《かなめ》となるからには、小栗藩勘定方権田又十郎はいったん死なねばならぬ」

半太夫の言葉を引き継ぎ、若狭介が又十郎をじっと見つめて言う。

「どうじゃ、又十郎、やってくれるか」

町に潜んで君命で世直しを行う隠密たちの頭目になれとのこと。世間に知られず命がけで悪を懲《こ》らしめる。おお、これこそ千載一遇の時節到来、わが望む道である。

又十郎は深々と頭を下げた。

「この権田又十郎、生まれ変わり、身命を捧げまして、お役目を引き受けさせていただきます」

若狭介は満足そうにうなずく。

「おお、よくぞ申した。権田又十郎、名は体を表すとやら。いかにも武張《ぶば》っておるのう。そうじゃ、そのほう勘定方であったな。これより名を勘兵衛と改めるがよい」

四

「新三郎、わしはしばらく旅に出ることにした」

普段口数が少なくほとんど会話のない養父がいきなり切り出したので、権田新三郎は驚いた。

「旅でございますか。それはまた」

「うむ、前々から隠居すれば、江戸の外を見てみたいと思っておったのだ。わしは出羽の小栗藩士でありながら、羽州《うしゅう》どころか千住の宿さえ越えたことがない」

「では、国元へ参られますか」

「国元にも一度は行っておかねばならぬ。が、このところ腰の筋がよくないのだ。寄る年波には勝てぬ。そこで、箱根《はこね》の湯がよいと聞いたので、思いついた。湯治の旅に出ようかと思う」

「お腰の具合、お悪うございますか」

新三郎が心配そうな声を出す。

「ずっと座りきりで帳簿を見ながら算盤をはじくお役目であったからの。腰にくるか、目にくるかと思っておったが、どうやら腰にきたらしい。が、たいしたことはない。湯治を兼ねての物見遊山《ものみゆさん》じゃ」

「物見遊山ならばよろしゅうございます。わたくしも出羽育ちゆえ、品川《しながわ》から先は存じませんが、箱根はよいところと聞いております」

「そなたもお役に就き、わしも三十年お勤めをし、微禄ではあるが多少の蓄えもある。箱根ぐらいならば、まあ、たいした散財にもなるまい」

「ならば、ごゆるりとご養生なさいませ。で、父上、いつお発ちになります」

「明日一日は旅の支度とお世話になった幾人かの方々に挨拶に参り、翌日には発とうと思っておる」

新三郎は驚く。

「それは急でございますな」

「思い立ったが吉日というであろう。そなたを権田の家に迎えて一年、しんみり語り合うこともあまりなく過ごしてまいった。明日の夜は一献傾けながら、ゆるりと過ごそうぞ」

「楽しみでございます」

翌日早く、又十郎は勘定方組頭、金子源五郎を訪ねる。出仕前の金子はいぶかし気に又十郎を迎える。

「権田殿、なにか御用でござるか」

昨年、若狭介の老中就任の費用を控えるように勘定方から上申した際、めでたい祝賀に水を差すのかと家老が組頭の金子を叱りつけた。金子はお咎めを恐れ、上申書の発案は配下の権田又十郎の一存であると田島半太夫に伝えた。部下の手柄は自分のものにし、自分の落ち度は部下に被せるいやな上役だったが、おかげで、それがきっかけとなり、又十郎は今回の内密のお役目を命じられたのだ。ここは姑息な金子に感謝すべきであろう。

「金子様には在職中、なにかとお世話になり、ありがたく思っております。実はこのほど、旅に出ることにいたしまして、ご挨拶にまかりこしました」

「ほう、さようか。旅とはよろしゅうござるな。跡継ぎの新三郎殿もお役目、めきめきと上達され、励んでおられる。長年のお勤め、まことに御苦労でござった。で、いずこへ」

「箱根へ湯治でございます」

「おお、それは羨ましい」

「金子様、今後はせがれのこと、どうぞ、よろしゅうお頼み申します」

湯島の山岸道場にも足を延ばした。

「えっ、又さん、旅だって」

「うん、箱根に湯治に参ろうかと」

「なんだ、箱根か。旅なんて言うから、お国の出羽、あるいは上方《かみがた》の京大坂、お伊勢参りか金毘羅《こんぴら》参りか、そいつは大変だと思ったら、箱根なんてのは日本橋からたった二十里かそこら、江戸のはずれみたいなもんだ」

実戦で名高く直参の子弟を多く門人に抱える道場主でありながら、又十郎とは元服前からの付き合い。倉之助の口調は相変わらず軽かった。

「この歳になるまで、江戸を離れたことがなかったのでな、俺にとっては箱根でも長旅だ」

「箱根の湯は万病にいいらしい。おまえさんは若い頃から鍛えているから、どこも悪くないだろうけど」

「いやいや、寒さに向かうと腰が痛むことが多い」

「ほんとかい」

「もう若くないからな」

「よせやい。それで、湯治なのか。爺臭《じじくさ》いね。腰なんてわざわざ箱根に行かなくたって、ここで若いの相手に稽古すれば、すぐに治るよ」

「そうかもしれんが」

「まあ、いいや。箱根で湯女《ゆな》に腰を揉んでもらうがいい。戻ったら、ぜひともうちの師範代になってくれ。待ってるよ」


旅立ちの前夜、新三郎と一献傾け、語り合った。

又十郎の住まいは小石川の藩邸に近い拝領屋敷である。参勤交代で江戸に入府する勤番用の表長屋と違い、門外にある江戸定府の妻帯者向けで、広くはないが、不自由はしない。

又十郎はこの家で生まれ育った。自分がいなくなれば、新三郎がここを引き継ぎ、妻《めと》を娶って子が生まれ、それは続いていくだろう。国元への異動を命じられるか、あるいはお役目をしくじり浪人になるか、そうでもない限り、権田家はこの家に住み続けるのだ。

「父上とこんなにしみじみと語り合うのは、思えば初めてでございますな」

田舎育ちの朴訥《ぼくとつ》な新三郎は、平生から口数少なく、又十郎もまた自分から話しかけることもあまりなかった。

「一度、お聞きしたいと思っておりましたが」

「なんじゃな」

「母上はどのようなお方でございました」

意外なことを言う。

「信乃のことか」

「はい」

新三郎が養子になったのが一年前、妻の信乃が亡くなったのが二年前、ふたりは顔を合わせたことがなかった。

「わしが二十のとき、父が亡くなり、しばらく母とふたり、ここで暮らしておった。信乃が嫁《とつ》いできたのが、わしが二十四で、あれが八つ下ゆえ、十六であった」

又十郎は遠い昔のことを久々に思い出し、語った。

「あまり気がきく女ではなく、わしの母にはいつも厳しく叱られておった」

「ほう、十六で嫁がれましたか」

「だが、気立てはよくて、母の世話もよくした。それから三年ほどして、母が亡くなった。その後はずっと、ここで信乃とふたりで暮らした。信乃は病気ひとつせず、よく働いた。わしは出世もせず、微禄のままで、あれには苦労をかけたと思う」

又十郎は仕事一筋で、あまり妻のことを顧みなかった。物見遊山に連れていくこともなく、普段から優しい言葉などかけたこともなかった。それでも妻が不平不満を口にすることは一度もなかった。

「病気ひとつしなかった信乃が二年前、流行り風邪《はやかぜ》で寝込んで、あっけなかった。わしより先に逝《い》くなどとは。子がなかったので、このまま家が潰れても仕方がないと思っていたが、そなたが来てくれた」

「さようでございましたか」

「そなた、国元のお母上が恋しゅうなったか」

新三郎は苦笑する。

「さて、わたくしは母を恋しがるほどの歳でもございません。三男坊は部屋住みの厄介者、次兄は国元でめでたく婿養子に入りましたが、わたくしにはなかなか口がかからず、このようなふつつか者を迎えてくださり、父上には感謝しております。それに、江戸の暮らしはなかなか楽しゅうございます」

　非番の日に新三郎がひとり江戸の町を散策していることは知っていた。

「お役目のほうはどうじゃ。今朝、組頭殿を訪ねたら、そなたのこと、めきめき上達していると褒めておられた」

「はは、金子様がですか」

　新三郎が笑う。

「おかしいか」

「新参のわたくしにはけっこう辛く当たられます。それが、父上の前では褒められましたか。これは油断のならぬお方じゃ」

「はっはっは」

　今度は又十郎が笑った。

「そなた、よう人を見ておる」

「組頭様がどう思われようと、わたくし、今のお役目を気に入っております」

「さようか」

　新三郎は昨年、権田家に養子に入ると、にわかに算盤の稽古《けいこ》を始め、相当の腕であることは又十郎も認めている。

朴訥な田舎者と思っていたが、新三郎は誠実で真っすぐな気性の持ち主であり、お役目にも江戸の暮らしにもなじんでいるようだ。

又十郎は自分の過ぎし日々を振り返る。上におもねらず、下に威張らず、目立たずにこつこつと仕事一筋であった。こんな自分が今いなくなっても、だれもなんとも思うまい。黙って消えていこうと思っていた。が、ふと気持ちが変わる。新三郎にだけは真実を明かそう。

「新三郎、これからわしの申すこと、大事なことゆえ、決して他言無用じゃ」

又十郎の言葉つきが変わったので、新三郎は神妙な面持ちで養父を見た。

「わしが明日の朝、箱根に旅立つというのは偽《いつわ》りである」

「えっ、それはまた」

新三郎は目を丸くする。

「先日、わしが殿の御前に伺ったこと、そなた知っていよう」

「はい」

「殿はわしに死ねと仰せられた」

「なんと」

新三郎の顔が悲痛に歪む。

「なにゆえに、なにゆえに、そのようなご無体《むたい》なことを殿が仰せられましたか。父上はそれにお従いなされるご所存か」

「よく聞け。死ぬは方便、わしは死なぬ」

不審そうに新三郎は養父を見る。

「もとより死ぬ覚悟はできておるが、実を申せば、わしは殿より大切なお役目を仰せつかったのじゃ。明日、旅に出れば、二度と再び、ここには戻らぬ。数日を経て、ここに知らせが参るであろう。わしが箱根の山中で急死し、そこで荼毘《だび》にふされたと。使いの者が届ける遺骨をわしと思うて弔《とむら》うがよい」

「遺骨とはなんでございますか」

「わしは生きておる。ゆえに亡骸《なきがら》がない。亡骸がなければ弔いはできぬ。そこで偽の遺骨をご家老、田島半太夫様が手配してくださる」

「ご家老様が」

「うむ。遺骨が届き次第、そなたが喪主となり、すみやかに権田又十郎の葬儀を行うのじゃ。わしは死んでおらぬゆえ、決して取り乱してはならぬ。そう心積もりをしておくように」

「父上のご葬儀をわたくしが」

「旅先の変死ゆえ、ごくつつましく、ひっそり行うがよい。通夜に来られるのは、勘定方から組頭の金子様以下同輩の方々、このご近所の方々、江戸には親戚はおらぬ。国元の縁者の方々には、追って知らせるがよい」

「承知いたしました」

「あ、湯島の山岸道場を存じておるな。わしはこのような男ゆえ、友らしい友といえば、山岸倉之助ぐらいじゃ。倉之助殿に声をかけねば、あやつ、あとで文句を言うであろう」

「はい」

「そなたも慣れぬことゆえすまぬが、ご家老様がなにかと手筈を整えてくださるので、委細はお任せするがよい」

「父上」

新三郎がふと思い出したように言う。

「あの、算盤はお持ちになりますか」

又十郎はしばし思案する。

「そうじゃな。箱根の湯治に余計なものは不要じゃ。大小以外、なにもかも置いていく。いっそ、そのほうが気楽でよいわ。算盤は形見として、よければ、そなたが使うてくれ。他にたいした家財道具もないがな。書付などは残すもよし、焼き捨てるもよし、好きにいたせ」

「御形見の算盤、大切に使わせていただきます」

「うん、では、これが今生《こんじょう》の別れ。水盃《みずさかずき》とまいろう」


翌朝、旅装束の又十郎を新三郎は屋敷の入口で見送った。主君よりの新たなお役目について又十郎はなにも語らず、新三郎もまた問わなかった。

「父上、どうかご無事で、お気をつけていってらっしゃいませ」

「うん、そなたも達者でな」

新三郎は養父の姿が見えなくなるまで、じっと立っていた。

小石川から湯島を通り、昨日挨拶した妻恋町の山岸道場のことをふと思う。倉之助にももう二度と会うことはあるまい。

思い立って神田明神《かんだみょうじん》に参詣し、今後の武運を祈願する。

境内でひとりの町人がすっと近づき頭を下げた。

「権田様ですね」

「いかにも」

だれであろうか。

「お待ちしておりました」

「わしをか」

「はい、わたくし、弥太郎と申します。ご家老様より頼まれております」

まだ若い男で地味な身なりをしている。

このたびのお役目は町で隠密の潜む裏長屋の大家になること。まずは通旅籠町の地本問屋井筒屋を訪ねよと田島半太夫より言い渡されている。

弥太郎と名乗る男、ご家老よりの指示というが、又十郎は今朝家を出るまでは神田明神に参詣することなど考えてもいなかった。どうしてここを通ることがわかったのか。いや、そうか、こやつ、家からずっとわしをつけておったな。

「ご案内いたします」

「頼む」

「はい、今日はまた、よい旅日和でございますなあ」

弥太郎が先に立ち、神田川沿いに筋違御門《すじかいごもん》を渡り、神田須田町《すだちょう》から大通りを南へ進み、本町《ほんちょう》通りを左に折れる。あとは東に向かって無言で歩く。

又十郎はふと気づいた。前を行く弥太郎、足音がまったくしないのだ。それに気配というものがほとんど感じられない。

本町から大伝馬町《おおてんまちょう》を過ぎると通旅籠町。井筒屋の看板が見えた。

「さ、権田様、こちらへ」

弥太郎に案内され、勝手口から中に入る。

井筒屋は黄表紙《きびょうし》、洒落本、読本《よみほん》、狂歌本、浮世絵などを扱う地本問屋で、開店前の準備で店の奉公人たちが立ち働いている。

弥太郎は小柄な番頭に声をかける。

「番頭さん、お連れしました」

「あ、弥太さん、ご苦労様」

「じゃ、あたしはこれで」

又十郎を中に残し、弥太郎は一礼して去っていく。

「権田様、どうぞ、おあがりくださいまし」

「うむ」

脚絆《きゃはん》を外し、草鞋《わらじ》を脱いでいると、小僧がすすぎの水を持って近づく。

「すまんのう」

「笠をお預かりいたします」

菅笠を小僧に手渡し、本や浮世絵の整然と並べられた店内を通り過ぎ、奥の一間に案内される。

番頭が改めて手をつく。

「権田様、てまえはこの家の番頭を務めます久助と申します。これより権田様のお世話をさせていただきます。どうぞ、お見知りおきくださいませ」

「うむ、権田又十郎と申す。よろしく頼む」

「かしこまりました。では、こちらに一式ご用意しております。まず、お召し替えを願います」

「おお、そうか」

大小の刀を預け、旅装を解くと、久助が手を貸し、用意された着物に着替えさせてくれた。

「御髪《おぐし》もお直しいたします」

鏡台の前に座り、久助の櫛使《くしづか》いに任せた。鏡の中の自分が別人に生まれ変わっていく。武士と町人の身分、こうして変化する自分を見ていると、それは着物や髪型だけの違いであろうかとさえ思えてくる。

「さあ、権田様、主人が待ちかねております」

さらに奥の座敷に通される。

又十郎が入ると、品のいい白髪頭の主人がにこやかに出迎えた。歳の頃は六十過ぎ、中肉中背で恰幅よく、ふっくらした顔は見るからに人がよさそうで、しかも大商人の風格そのものである。

「わたくし、当家の主、井筒屋作左衛門でございます」

井筒屋が軽く頭を下げる。

「権田又十郎と申す。よしなに」

「これは、どうも。いやあ、立派な大家さんにおなりだ」

「さようか」

「はい。権田様、いえ、この後は勘兵衛長屋の勘兵衛さんとお呼びいたします」

第二章　大家誕生

一

日本橋通旅籠町、井筒屋の奥座敷で権田又十郎改め勘兵衛は主の作左衛門と向き合った。

作左衛門が上座、勘兵衛が下座、ふたりから離れた脇に番頭の久助が控えている。

「勘兵衛さん、わたしが上座で失礼いたしますよ。どうかお許しを」

「いや、大事ない」

武士の間でも町人同士でも席次は厳しい。ましてや身分違いの武士と町人では武士が上座に決まっているのだが。

「勘兵衛さんには長屋の大家を務めていただきます」

「承知しておる」

「その長屋を家作として所有する地主がわたくしで、勘兵衛さんは表向き、大家として井筒屋作左衛門に雇われたという体裁になります」

それゆえ、年長で地主の作左衛門が上座、雇われ大家の勘兵衛が下座、形として当然なのである。

「わしはもう武士ではない。殿より大義のため武士を捨てるよう仰せつかった。ありがたき幸せである。だが、このわしが長屋の大家になりおおせるであろうか。それがいささか心配じゃ」

姿かたちは町人でも、無骨で見るからに豪傑、言葉遣いも堅苦しい。

作左衛門は大きくうなずく。

「さようでございますなあ。まずはその武張った武家言葉、立ち居振る舞いを今すぐにお直しなさいませ」

「いかにも、そうじゃな」

「今すぐでございますぞ」

「心得た」

「直せませぬか」

「うーん」

勘兵衛がうなるのを見て、久助が笑いを嚙み殺す。

「いえいえ、勘兵衛さん。無理ですよ。今すぐというのは冗談、冗談。お侍《さむらい》が一朝一夕《ちょういっせき》に町人にはなれません。形だけはなんとか町人におなりだが、ま、おいおいに」

「なに、冗談とな。今のは軽口か」

「町人というのは、お侍のように肩肘《かたひじ》張らず、軽口を言うものです」

ほっとする勘兵衛。

「他愛のないものじゃな。町人になれるよう励むといたそう。で、わしはいつから大家になればよいかのう。万事、井筒屋殿に委ねよとのご家老のお言葉であったが」

「身なりも髪も整えましたので、今日からでも」

「ほう」

勘兵衛は戸惑う。

「それはいきなりじゃな」

「というより、あなたはすでに大家さんです」

「えっ、さようか」

「完成いたしました長屋の名前も勘兵衛長屋になっております」

勘兵衛は思案する。

「長屋の名前までとは。では、さっそくお役目というわけじゃな」

「はい、大家の仕事はなかなか大変ですから、おいおい慣れていただくとして、さらに大切なこのたびのお役目、町に潜んで世直しを行う隠密たちの頭目《とうもく》。世間に知られず命がけで悪を懲らしめる」

「井筒屋殿、待たれよ」

勘兵衛は脇に控える久助をちらっと見る。

「そのような大事、軽々しく漏らしては」

「ああ、そうでございました。ですが、久助のことをお案じでしたら、万事心得ておりますので、ご安心なさいませ」

久助は頭を下げる。

「ほう」

「長屋は十軒長屋、すでに九人のみなさま、店子《たなこ》として入居しております」

「さようか。九人の面々、十軒長屋にすでにお入りか。では、わしも今日よりその長屋の空き店に住まいいたすのじゃな」

「いえ、そうじゃないんで」

「違うのか」

「たしかに長屋に空き店は一軒ございますが、勘兵衛さんの家は長屋ではなく、木戸を出たすぐ脇の絵草子屋です」

「絵草子屋とはなんであるか」

町には滅多に出歩いたことがなく、勘兵衛は町の暮らしには疎《うと》い。

「浮世絵とか、ちょっとした戯作などを商う商家でございますよ」

「そこにわしが住まうのか」

「もともと長屋のあった脇に仕舞屋《しもたや》がありまして、以前の大家が住んでおりました」

「仕舞屋とはなんじゃ」

「ええっと、どう言えばいいか。店じまいして、商売していない家ですかな」

「うむ」

「長屋を新しく建て替えるのと同時に、その仕舞屋に手を入れまして、絵草子屋に仕立てました。屋号が亀屋。品物はうちからそのまま仕入れるという形で、あなたには亀屋の主人になっていただきます」

「なんと、わしが絵草子屋の主人になる」

「さようで。裏長屋の大家さんはたいてい、表店の小商いと掛け持ちしていることが多いんです。それにうちは地本問屋ですから、絵草子屋なら怪しまれずにつなぎがつけられます」

考え込む勘兵衛。

「わしは大家になる。が、絵草子屋の主人にもなる。それは弱った」

「はあ」

「わしは今まで商売などしたことがないぞ」

「ああ、それならご心配には及びません。商売のこと、その久助が亀屋の番頭として勘兵衛さんにお仕えいたしますので、お任せください。また、身の回りのことなども一切、久助がお世話いたします。そのほか、町人としての言葉遣い、所作なども、おいおい久助がお教えいたしますので」

久助は手をつき、頭を下げる。

「これより、わたくし、あなた様を旦那様と呼ばせていただきます。どうぞ、よろしくお願い申し上げます」

「さようか。わしのほうこそ、よろしゅう頼むぞ」

「承知いたしました」

「では、勘兵衛さん、これから、久助が田所町の亀屋にご案内いたします」

「相わかった」

「みなさま、大家の勘兵衛さんが来るのをお待ちかねですよ。大家さんがいなければ、長屋は始まりませんからね。どなたも元は小栗藩のご家来衆で、それぞれご身分もおありでしたが、この半年ばかり修業をされて、みなさん、すっかり町になじんでおられます」

「そうなのか」

「ですから、勘兵衛さんも店子の方々を元のご家中の同輩とは思わず、大家と店子として接するよう、お心がけください」

「承知した。わしも早く町人にならねばな。久助、わしの町人の指導もよろしく頼むぞ」

「かしこまりました」

にっこりと笑い久助がうなずく。

「勘兵衛さん、今日は大家さんとしての初日です。そして、明日は絵草子屋の亀屋が店開きいたします」

「おお」

「そこで今宵は亀屋の二階で開店祝いを兼ね、長屋のみなさんと顔合わせ。心ばかりの祝宴をご用意させていただきます」

「それは、かたじけない」

「あなたは元は勘定方。今後は大家として、店子のみなさんとともに世間の帳尻を合わせていただきたいものです」

勘兵衛は頭をひねる。

「世間の帳尻とは」

「平たくいえば、悪事を働きいい思いをしている腹黒い輩《やから》を世の中からなくせば、その分、つつましく生きている正直者の暮らし向きがよくなります」

「なるほど、それで世の中の帳尻が合う。井筒屋殿、面白いことを申される。それが町人の軽口というものだな」


田所町の横町にある亀屋は小さいながらも一軒家で、すでに店内に浮世絵や絵草子が並べられて、明日の開店を待つばかりであった。

二階の八畳間には主人の勘兵衛他、井筒屋作左衛門、そして九人の店子たちが膳を前にずらりと顔をそろえて、夕暮れ時から酒宴の始まりである。

北側の床の間を背に作左衛門と勘兵衛、東の窓側に半纏《はんてん》の大工半次、大男の熊吉、鋳掛屋の二平、西の壁際には粋な身なりの小間物屋徳次郎、着流しの浪人橘左内、大道易者の恩妙堂玄信、飴屋の弥太郎、下手《へた》には女が二人、産婆のお梅と女髪結のお京が控えている。襷《たすき》がけの久助がちょこまかと酒や料理を運ぶ。

「というわけで、みなさん、勘兵衛さんを大家にお迎えすることができまして、いよいよ明日はここ亀屋が開店いたします。わたしもできる限り、お力添えをさせていただきますが、俗に大家といえば親も同然、店子といえば子も同然とか申します。どうぞみなさん、お力を合わせ、よろしくお頼み申します」

作左衛門の言葉に一同、頭を下げる。

勘兵衛はみなを睥睨し、志を新たに挨拶する。

「各々方《おのおのがた》、それがしが大家の勘兵衛でござる。今、井筒屋殿が申されたが、大家と店子は仮初《かりそめ》の親子、われら一丸となり力を合わせて殿のため、世のため人のため、世直しに励もうぞ」

うわ、すさまじい豪傑だねえ。今にも、えいえいおうっと掛け声が出そうだ。大家というより侍大将だよ、と思いながら大工の半次が勘兵衛の前に進んで酌《しゃく》をする。

「へっへっへ。大家さん、たしかに合点《がってん》承知いたしやした。とは申せ、あっしらの仕事は世間に目立っちゃいけやせんからね。そこんところはうまくやりましょうや。まあ、おひとつどうぞ」

　酌を受けながら、勘兵衛は驚く。この男、元藩士というが、腰の軽さはどうであろう。着流しに半纏をひっかけて、言葉遣いもまるきり下世話の仕事師にしか見えぬ。

「すまんのう。そなたは」

「へっへ、あっしはでえくの半次と申しやす」

「でえくとはなんじゃ」

「あれっ、大家さん、でえくをご存じねえんですかい」

　作左衛門が横から言う。

「この半次さんは大工ですよ」

「なにっ、大工と申すか」

「へい、実はね。この長屋をおっ建てたのもあっしなんで」

「そなたが建てたと」

「いや、あっしひとりじゃ無理ですよ。これでもお屋敷にいた頃は作事方を務めておりやした。半年前にご家老様に呼び出され、そのほう芝居好きであるそうじゃな、と言われましてね。ああ、しまった、これはお咎めかと。実を申せば、あっしゃ芝居には目がなくて、たびたびお屋敷を抜けだしちゃ、堺町《さかいちょう》に葺屋町《ふきやちょう》、茶屋は通せませんから木戸銭の安い平土間《ひらどま》に通っておりやした。武士が芝居なんぞ見ちゃ、下手するとお家断絶。さあ、こうなったら覚悟を決めるしかねえと思っておりやしたら、武士を捨ててお家のためにという一件。三十に手が届くというのに、親兄弟も女房子もねえ気楽な独り身でござんして、作事方の下っ端で、この先出世にも縁がなし。もともと侍は向いてなかったんで。いえ、剣術だけはそこそこできるんですがね。どうも堅苦しいのが苦手《にがて》。それで長屋住まいの町人になれるってんで、喜んで二つ返事でお引き受けいたしやした」

「ほう、この家を建てたというのは」

「へい、半年前にお屋敷を出て、そちらの井筒屋の旦那のお世話で、棟梁《とうりょう》に弟子入りしまして、この歳で十三、四の小僧といっしょにしごかれまして、もともと作事方なもんで、下地はありまさあ。どうにかこうにか半人前。この長屋を建てたのがあっしが世話になってる棟梁で、ですからあっしも下仕事を手伝ったというわけでござんす」

いやはや勘兵衛は驚いた。作事方で大工というのはわかるが、侍が向かず、芝居好き。こんな男に大切なお役目が務まるだろうか。

「こりゃ、勘兵衛、いかがいたした」

「はっ」

いきなり家老の田島半太夫の声がし、勘兵衛は驚き、あたりを見回す。

「どうしました、勘兵衛さん」

作左衛門が勘兵衛を心配そうに見る。

「いや、今、ご家老の声がしたような」

「そのほうの聞き違いであろう」

あっ、今度はご主君、若狭介様の声。きょろきょろする勘兵衛。

「ふふ、驚かれましたかな」

作左衛門が笑っている。

「いったい何が」

「実はね。今のご家老とお殿様の声。この半次さんの声色《こわいろ》です」

「声色とな」

「へっへっへ、お耳汚しで失礼いたしやした」

半次が首筋を撫でている。

「半次さんは芝居好きが高じて、役者の声色が得意、さらにどんな人の声も真似られます。今は大工で、ぺらぺらと職人風にしゃべっていますが、武士であろうと商人であろうと百姓であろうと坊さんであろうと、どんな役にでもなりきります。そこをご家老が見込んで、このお役目に引き入れなされたのです」

なるほど、なんにでも化けられ、どんな声色も使いこなせるとは、隠密として重宝である。

勘兵衛は一同を見回す。すると、ここにいる者たち、みなそれぞれに優れた技量の持ち主なのか。

「さあ、みなさん。今日は無礼講です。おひとりずつ、大家さんにご挨拶なされませ」

作左衛門に言われて、半次の隣にいる大男が、ぴょこりと頭を下げる。歳の頃は三十前後、身の丈六尺半はあろうか。横幅は常人の二倍半、相撲《すもう》の関取のような大男でひとりでふたり分の席を取っている。

「そなたは」

「へい、あたし、箸職人の熊吉と申します」

体の割には声はか細い。

「箸を削る職人か」

「さようで」

「大きいのう」

そう言われて熊吉は身をすくめるようにする。

「お屋敷では、ついぞ見かけなかったが、お勤めはいずれであった」

「江戸詰の賄方《まかないかた》でございました。こう大きいと、どうしても、おまえたくさん食うだろう、味見にかこつけて、つまみ食いすればすぐにわかるぞ、と嫌味《いやみ》ばかり言われておりました」

作左衛門が言う。

「熊吉さんは見ての通りの大男でして、大相撲ならさしずめ大関、力は十人前。素手《すで》でどんな相手でも倒せます。柔術、拳法なんでもござれ。山でほんものの熊に出遭っても負けてはいません。で、今の名前が熊吉」

「いいえ、そこまでは。まだ熊を相手にしたことはございません」

「この通り遠慮深いお人でね。長屋では、外に出ないで家の中で箸を削る居職《いじょく》です」

なるほど、これだけ大きいと目立つだろうから、なるべく家にいるわけだな。たしかに十人力はありそうだ。それにしても、手も大きく、指も太い。それで箸を細工するとは、案外手先は器用なのか。

熊吉の横にいるのが、これは色のどす黒い炭団《たどん》のような丸顔の四十がらみの小男で、とても女にもてそうにない。

「あたしは鋳掛屋の二平と申します」

「ほう、鋳掛屋か」

「鍋や釜を直して行商いたします」

「元のお役目は」

「はい、みなさま方のような御身分ではなく、武器蔵の番人をしておりました」

作左衛門が引き取って説明する。

「二平さんは元は鉄砲足軽をされていたんです」

「鉄砲方であったか」

「へい、鉄砲方が廃止となり、下屋敷の武器蔵に勤めておりました。いい歳をして、女房も子もないひとりもんで」

四十がらみで、まるで炭団小僧だな。

「今はご禁制ではありますが、この二平さん、鉄砲の腕前は相当にすぐれており、また、様々な武器や火器、飛び道具にも精通しているので、お役に立つと思います」

「ほう、それは重畳じゃ」

半次の向かいの粋な着物の若いのがぺこりと頭を下げる。

「ええ、わたくしは小間物屋の徳次郎と申します。大家さん、どうぞ、お見知りおき願います」

歳の頃は二十四、五であろうか。色の白い優男《やさおとこ》である。

「勘兵衛さん、この徳次郎さんは元はお小姓《こしょう》でして」

「おお、それは」

小姓といえばお殿様に直接お仕えし身辺の世話をする役目。身分からすると勘定方より上である。

「ははあ、そうでござったか」

「そう改まらないでくださいまし。今はただの町人、担ぎの小間物屋でございます」

「して、なにゆえにこのお役目に選ばれましたか」

「恥ずかしながら、ちょいとこれでしくじりまして」

徳次郎は小指を立てる。

「なんでござる」

「ですから、女人と間違いをおこしましてね。奥女中《おくじょちゅう》と」

「なんと」

「お屋敷で不義はご法度《はっと》。下手するとこれもんです」

腹を切る仕草。

「そこをご家老様にうまく取り計らっていただき、こちらのお仲間に加えていただいた次第でございます」

勘兵衛は顔をしかめる。女色でお役目をしくじった小姓に世直しの隠密が務まるであろうか。

「実はね、勘兵衛さん」

作左衛門が言う。

「この人、女人の扱いが得意で、まあ、どんな女子《おなご》にもたやすく取り入る才があります。うらやましいというか、そこをご家老が見込まれまして。なにしろ、どんな女子ともすぐに打ち解け、話を聞き出せます。担ぎの小間物屋として商家を回って町の噂を拾い集める。お役に立つかと存じます」

「なるほど、さようか」

徳次郎の隣にいるのが、顔色がぞっとするほど青白く、月代《さかやき》を伸ばした四十に近い痩せ浪人であった。青白い着流しに脇差を一本差しており、長屋の面々は元は武士でもみな町人に身をやつしているはずだが、なにゆえ浪人なのであろうか。

「そこもとは」

「はっ、拙者、橘左内と申します。大道でガマの油を商《あきな》っております」

「ほう、ガマの油売りとな。して、元のお役目は」

「国元で馬廻役《うままわりやく》でござった」

「おお、それは」

殿の警護をする重要な役目である。当然ながら武芸にも優れていなければならない。

作左衛門が言う。

「左内さんはお国元の御城下では随一の剣の名手、三年前の御前試合では第一位。ことに居合の達人です。その御前試合に不服を言う相手と真剣勝負となり、相手をお斬りになりました」

「ほう」

「正式の立ち合いでしたので、お咎めはなかったのですが、お国元に居づらくなられて、江戸藩邸に移られました。その腕前をご家老に認められ、この長屋に加わられたのです」

「ほう、人を殺《あや》められたか」

勘兵衛はぐっと左内を見つめる。左内もまた見返す。武芸者同士がお互いの技量を確かめる火花の散るような一瞬であった。

「後悔しております」

左内はぼそりと答える。

「しかし、みな長屋の住人として町人に扮しておられるが、そこもとはなにゆえ浪人のガマの油売りを選ばれたのか」

「拙者、江戸生まれのみなさま方のようには流暢に江戸の町人言葉がしゃべれぬゆえ、江戸の長屋には諸国から流れての浪人があまた住むと聞きおよび、ならば浪人のままがよかろうと、かような格好をいたしております。姓名の義、橘左内は無論のこと仮の名でござるが」

なるほど。勘兵衛は納得する。

「そちらの方は」

左内の横に座っているのは文人墨客風、武士とも町人ともつかぬ風体《ふうてい》の茶筅頭《ちゃせんあたま》、四十半ばで小太り、酒を飲まぬうちから赤ら顔をてかてかと光らせている。

「わたくしは、大道で易者をしております恩妙堂玄信と申します。元は定府《じょうふ》で祐筆を務めておりました」

祐筆は身分が高い。定府ならば、やはり小石川に相当の拝領屋敷があったのだろう。

「ほう、元祐筆で今は易者をしておられる」

「易学を多少かじっておりましたので」

玄信は天眼鏡を取り出し勘兵衛の顔をじっと見る。

「おや、大家さんのご尊顔、うーむ、陰徳の相がおありですな」

「陰徳とは」

「よい人相でございます。人に知られず善を行うという」

作左衛門が口を挟む。

「玄信先生は易学ばかりか、和漢の書にも通じておられ、下世話な戯作などにもお詳しく、さながら生き字引」

「いえいえ、つい知ったかぶりをして、一言《ひとこと》多い」

「そこを上役に疎まれて、くすぶっておられるところをご家老に引き抜かれました」

「ほう、玄信殿、武芸のほうは」

「口先ばかりで、そっちのほうはからきし駄目ですなあ」

豪快に笑う玄信の横に小さくなっているのが、黒い着物の若い男。

「あ、そのほう、わしを神田明神から案内してくれた」

「へい、飴売りの弥太郎と申します」

「弥太郎さんはご家老子飼いの忍びでございます」

「そうであったか」

たしかに足音も立てず気配もなかった。

「この人はどんなところにも、気づかれずにそっと忍び込みます。忍びでなく、盗人になれば大成していたかと」

「また、井筒屋の旦那、人聞きの悪い」

弥太郎は苦笑する。

「そして、そこのお京さんも、弥太郎さんと同じくご家老の配下」

「女髪結《おんなかみゆい》をしております京と申します」

女が頭を下げる。これは目鼻立ちの整ったなかなかの美形である。

「お京さんも忍びの名手です。そして、そのお隣がお梅さん」

お梅は還暦は過ぎていよう、なかなかの老婆である。

「梅と申します。産婆をいたしております」

作左衛門が言う。

「お梅さんは元は奥医師のご新造《しんぞう》で、医術の心得あり、というよりご亭主より実は名医で診立《みたて》もよかったのです。薬草の知識も豊富で毒にも薬にも詳しい。飯田町《いいだまち》にお住まいでしたが、ご亭主が亡くなられてからは、奥医師を継いだご子息夫婦と折り合いが悪くて」

「いやですよう。井筒屋さん。そんな内々のことまでおっしゃっちゃ」

「いいじゃないか。お梅さん。大家さんにはなんでも知っといてもらったほうが」

お梅は首をすくめる。名は体を表すというが、皺《しわ》でくしゃくしゃの顔はまるで梅干しのようである。

男七人に女ふたりか。勘兵衛は一同を改めて見回す。

大工の半次、元作事方で芝居好き、声色の名手。

箸職人の熊吉、元賄方の大男。

鋳掛屋の二平、元鉄砲足軽で武器に精通。

小間物屋の徳次郎、元小姓で女の扱い上手。

ガマの油売りの浪人橘左内、元馬廻役で居合の達人。

易者の恩妙堂玄信、元祐筆で学識豊富。

飴売りの弥太郎、家老直属の忍び。

女髪結のお京、同じく家老直属の忍び。

産婆のお梅、元奥医師の妻で医術と薬草に詳しい。

年齢も元の身分もまちまちだが、それぞれ家老の田島半太夫に選ばれて集まった者たちである。長屋の庶民としての生業《なりわい》を一通り身につけているが、本来の仕事はあくまでも、町の隅々に目を光らせ、それぞれの特技を活かして働くことである。

「わしも大家になりきるよう心するゆえ、各々方、よろしゅうお頼み申す」

二

開店早々、井筒屋のはからいで近隣にお披露目をかねて配りものをした。そのせいか、最初は絵草子屋を珍しがって覗きに来る客もけっこういたが、勘兵衛は商人としてはまるで素人《しろうと》で、愛想もなく、ただ帳場に座ってぼうっとしているだけ。応対はてきぱきと番頭の久助がこなして、なんとかなった。

が、三日も経つと客足はばたっと落ちる。そもそも田所町の引っ込んだ横町で絵草子の類《たぐい》はそうは売れない。ぼんやりと店内を見渡し、手元の算盤《そろばん》をぱちぱちとはじいてみる。

「今日も閑《ひま》じゃのう」

「あの、旦那様、そういう場合は、今日も閑だねえ、とおっしゃいませ」

「なにっ。あ、そうか」

　武張った侍言葉が出ると、久助が訂正する。この男、なにか言うたびにいちいち言い直させる。うるさくて仕方がない。お屋敷では町人と言葉を交わす折など滅多になく、たまにあっても相手はことさら丁寧にへりくだった言い回ししかしない。久助が訂正し指導するようなくだけた物言いなど今まで耳にしたこともなかったのだ。そうたやすくは覚えられない。

　久助もまた、勘兵衛の言い回しが軽い町人風にならないのが不思議でしょうがない。ああ、どうして旦那様はうまく話せないんだろう。肩肘張らずにすうっと言えばいいじゃないか。そんなに難しくもないと思うんだがなあ。まあ、気長に付き合うしかないや。

「う、う、今日も閑だねえ」

「旦那様、その調子でございます」

「うむ」

　町人の口調は軽すぎて、舌がもつれそうだ。

　それはともかく、店の商売は久助に任せるとして、勘兵衛は大家としての仕事もいろいろと覚えなければならなかった。これだけは番頭に代わってもらうわけにはいかず、自分でやるしかないのだ。

まずは井筒屋作左衛門に連れられて町名主《まちなぬし》に挨拶に行く。

江戸の町を支配するのは北と南の町奉行所だが、町の自治はおおむね町人が自主的にやることになっていた。三人の町年寄《まちどしより》、その下に二百数十人の町名主がいて、ひとりで何町かの地域を受け持っている。さらにその下に各町内の大家が町役人《ちょうやくにん》として選ばれ細々《こまごま》とした仕事をこなすのだ。

ここの名主は田所町の他、新大坂町《しんおおさかちょう》、弥兵衛町《やへえちょう》が支配町であった。身分は町人だが、立派な玄関のある家に住んでおり、名字も許されている。

前もって井筒屋から訪問を伝えていたので、すぐに座敷に通される。

余計なことを言って武家の素性が露見すると厄介だからと、町名主とのやりとりはほとんど作左衛門が行い、勘兵衛は控えめに神妙な顔で頭を下げていた。

「勘兵衛さんとおっしゃいますか。で、今までのお仕事は」

「勘定」

勘兵衛がうっかり言いかけたので、作左衛門が口を挟む。

「実はわたくしの遠縁でして、出羽の小栗城下でいろいろと手広く商いをしておりましたが、せがれに店を譲って隠居することになり、閑だというんでね。このほど江戸に来てもらって、わたくしの長屋の大家を任せることになりました」

「出羽といえば、奥州ですな。それはそれは」

「ですから、江戸の言葉はあんまりうまくしゃべれないんで。どうかご容赦を」

「なんの、なんの」

長屋の店子九人は井筒屋作左衛門が身元を保証する請《う》け人となり、人別帳《にんべつちよう》などの手続きは小栗藩江戸家老の田島平太夫と井筒屋がうまく取り計らっているので、滞《とどこお》りなく済んだ。

「では名主様、ご多忙とは存じますが、近いうち、町役のみなさまと共にお集まりくださいませ。柳橋あたりで勘兵衛長屋披露のささやかな宴を開きます。その節はひとつよろしくお頼み申します」

「それはそれは、井筒屋さん、いたみ入ります。柳橋とはうれしいですなあ。通旅籠町はうちとは別町内とはいえ、勘兵衛さん、頼もしい井筒屋さんが後ろ盾なら鬼に金棒ですね。こちらこそ、どうぞよろしく頼みましたよ」

勘兵衛は歩きながら作左衛門に聞く。

「井筒屋殿、さきほど申された柳橋での披露の宴とはなんでござる」

「勘兵衛さんが新しい大家となられたので、町名主と隣近所の大家さんたちを呼んで顔つなぎに一席設けるのですよ」

「それはまた」

柳橋には行ったことはないが、お屋敷では勘定方をしていた。料理茶屋での接待がどの程度かかるかはだいたいわかる。

主君若狭介が老中に就任したとき、幕閣の要人を茶屋で饗応した費用は馬鹿にならなかった。それ以外にも若年寄、奥祐筆など役職の者への進物など質素倹約とはいいながら大層な物入りだったのだ。

「井筒屋殿、柳橋の茶屋と申せば、かなりの出費ではござらぬか。この勘兵衛の披露とは恐縮いたす」

「なあに、ご心配なく。万事わたしにお任せくださいな」

次に人形町《にんぎょうちょう》通りの四辻にある田所町の自身番に行く。この通りの名は人形師が多く住むことから由来する。自身番は番屋とも呼ばれ、各町内に一軒、小さい町なら二、三町に一軒設けられていた。

勘兵衛は井筒屋に促され、詰めていた町役人と定番《じょうばん》の老爺《ろうや》に挨拶する。

「ああ、さようですか。亀屋の勘兵衛さん」

町役人は四角い顔の五十男である。

「あたしはすぐご近所、下駄屋《げたや》の杢兵衛《もくべえ》と申します。先日はけっこうな品を頂戴いたしまして。あたし野暮用で外出しており女房しかおらず、ご挨拶が遅れまして失礼いたしました。ねえ、あそこの長屋、ずっとあばら家になってて、前を通りかかるとちょいと凄みがありました。町内にあんな場所があるのは物騒でいやだなあと思ってたら、井筒屋さんが新しく建て直されてほっとしております。うちは小さな下駄屋でして、下駄屋の脇の杢兵衛長屋の大家を務めております」

勘兵衛がもごもごしゃべろうとするのを作左衛門がさえぎる。

「杢兵衛長屋の杢兵衛さんでしたか。よろしくお頼み申します。この人、わたしの遠縁で出羽から出てきたばかり、うまくしゃべれなくて」

作左衛門にそう言われて、勘兵衛はいささかむっとする。

「いいです、いいです。男のおしゃべりはみっともないといいますから。無口けっこう。はい、ここの番屋の受け持ち、亀屋さんが加わってくだされば助かります。なあに当番といっても一日ずっと詰めてるわけじゃありません。いつもはこの甚助《じんすけ》さんが定番なので、町役は交代でちょこっと顔を出せばいいんですよ。まあ、よろしくお願い申し上げます」

たまたま番屋にいた下駄屋の杢兵衛は気さくな男だった。

いつも詰めている定番は甚助という名の老人で、町内の表通りの商家で割前を出して雇っているとのこと。

それにしても、開店の配りものといい、柳橋の茶屋といい、すべて井筒屋の出費である。殿が老中に就任なされた際はなんやかや支度に一万両が費やされた。長屋の大家の披露ならば、どのくらいのかかりであろうか。

「こういう決まりはちゃんとしておかないと、あとあと、なにかあったときに困りますからね。茶屋に呼ぶのは名主さんと同町内北側の隣近所の大家さん四軒だけでいいでしょう。さっき番屋にいた下駄屋の杢兵衛さん、親切そうな人でよかった」

「うむ」

「柳橋のほうは万事、この井筒屋作左衛門にお任せください。絵草子は売れるに越したことはありませんが、別に売れなくったって支障はありません。勘兵衛さんは主人だが亀屋はわたくしの出店《でみせ》と思っていただきたい。大家の仕事や町内の付き合いも大変でしょうが、あなたにはもっと大事な大仕事がおありですから」

大事な大仕事、ああ、そのために自分は大家になったのだった。が、それはいつ始まるのだろうか。

青空を見上げると白い雲が流れていく。速く飛ぶように流れる雲もあれば、ゆったりと浮かんでいる雲もある。今日もいい天気だ。江戸の町は不正と悪事にまみれているとの話だが、思ったより平穏のようだった。

小石川の上屋敷で松平若狭介は江戸家老の田島半太夫からの報告を受けていた。

「さようか。権田又十郎、無事町方の大家になりおおせたか」

「はい、井筒屋によりますれば、九人の隠密を差配する大家勘兵衛として、持ち場につきましたよしにございまする」

「思えばこの半年、長かったのう」

「はい、長うございましたなあ」

先日完成した日本橋田所町の裏長屋に九人の店子が入居した。家中から選ばれた隠密たちである。頭目として権田又十郎が長屋の大家勘兵衛となった。いよいよ若狭介からの指令で長屋の隠密たちが動くのである。

「ふふふ」

若狭介が笑う。

「いかがなされました」

「家中の者ども、みな隠密として長屋の細民になっておるのだな」

「はい、それぞれ世俗の生業を身につけ、長屋暮らしをいたします」

「あの武張った又十郎、名だけは勘兵衛と改めたが、物腰は並みの武士以上に重々しかった。それが町場の裏長屋で大家を務めおるとは、どんなものかと思い、ふふふ、目に見えるようじゃ」

「武家言葉もなかなか直せず四苦八苦しておるよし、威風堂々として押し出し強く、町を歩くのも豪傑のようだと、そう井筒屋が申しておりました」

「さもあろう」

「が、癖のある者どもを差配いたしますには、ふんぞり返った大家もまた一興かと」

「さて、面白うなってきたの」


大家の仕事は忙しいようで閑である。

朝、目覚めると、久助がすでに起きて朝餉の支度をしている。

勘兵衛は久助がいれてくれた茶を飲み、長屋を見回り、店子たちと言葉を交わす。井戸端で野菜を洗う者、寝ぼけ眼《まなこ》で手ぬぐいを肩に引っ掛け房楊枝《ふさようじ》を使う者、あわてて厠《かわや》から飛び出してくる者、どう見ても裏長屋の庶民であり、何気ない一日の始まりである。

「みんな、今日も一日、よろしく頼むぞ」

「へーい」

亀屋に戻り、朝飯を済ませたあとは、絵草子屋の主人として帳場に座る。

朝っぱらから客など来ない。往来を行き来する町人たちはみな働いている。絵草子を買って読むような暇人はなかなかいないのだ。

手持無沙汰なので、店内に並ぶ浮世絵や絵草子を眺める。これらはみな、井筒屋から仕入れた品である。というより亀屋そのものが井筒屋の出店のようなもので、勘兵衛はここでも雇われ店主であり、井筒屋から派遣された番頭の久助が手際よく店を切り回す。

思えば五十の歳まで浮世絵など見たこともなかった。

色刷りの美人画はどれも美しい。可憐な町娘から妖艶な遊女までそろっている。

役者絵もまた華麗である。芝居のことはよくは知らないが。

「いいでしょ、それ」

役者絵を手にとりじっと眺めていたら、横から久助が声をかける。

「うむ、これは格別、よき女子じゃな」

思わず返事する。

「それを言うなら、いい女だねえ、と」

「うむ、いい女だ」

「ところが違うんで」

「なにが違う」

「役者絵の別嬪はみんな男でして」

「なにっ」

「男の役者が女の役を演じます。つまり女方《おんながた》ですよ」

そもそも芝居で女の役者はご法度である。それぐらいのこと、知っておるわ。とは口には出さず、素知らぬ顔で風景画を手に取った。

江戸の名所が描かれている。

遠い国元の出羽どころか、生来の出不精、湯島の道場に通ったぐらいで、江戸の町さえあまり歩き回ったことがない。

「旦那様、お店も閑なことですし、一度江戸の町を見物なされてはいかがですか」

「なんと申す」

「そうすれば町人の話し言葉がよく覚えられますよ」

名所図会をぱらぱらとめくり考える。隠密となった以上は江戸の町にも精通せねばならぬ。店も閑なので、名所図会や切絵図片手に歩いてみなければ。

さほど面白くもない戯作本などに目を通していると、戸口で声がする。

「ええ、ごめんくだせえまし」

お、客であろうか。見たところ、野良着に頰被り、近郷の百姓のようである。

久助は台所に引っ込んで昼飯の支度をしているので、仕方なく、勘兵衛が応対する。

「うむ、なにが所望じゃ。浮世絵、絵草子、なんでもあるゆえ、遠慮のう見てまわるがよいぞ」

「旦那様、こちらの御主人様でごぜえますかな」

「わしが勘兵衛じゃが」

「では、そこに新しくできました長屋の大家様でごぜえますかな」

「さようである」

「へい、あっしいは宇月村《うづきむら》からめえりやした権太《ごんた》と申しますだ」

「権太殿か。して、長屋に何か用でもござるか」

「肥《こ》やしのことでめえりやした」

「肥やしとはなんじゃ」

「厠の肥やしでごぜえます」

「おお、その肥やしか。糞尿のことじゃな。それがどういたした」

「あっしいに汲み取らせてはもれえませんかなあ」

「なに、長屋の厠から糞尿を汲み取ると申すか」

「ほかにどこか、取り決めたところがねえようでごぜえやしたら、ぜひともあっしいにおねげえいたしますだ」

そこへちょうど台所から久助が顔を出す。

「おい、久助、このお人が長屋の糞尿がどうのこうのと申しておるが、言葉がよくわからぬ。いったいなにを望んでおるのやら」

「ああ、さようでございますか。はい」

久助は大きくうなずき、権太と応対し、どうやら日取りや金額などを話し合っているようだ。

「では、権太さん、よろしくお頼み申しますよ」

「へえ、ありがとうぞんじやす」

勘兵衛は首を傾げる。

「久助、今のはなんじゃ」

「はい、新しくできた長屋に目をつけまして、近隣のお百姓が、肥やしを月決めで汲み取りに来たいというんで、話をつけました」

なるほど、長屋の厠は九人の店子が使う。ひと月もすればいっぱいになるだろう。それをわざわざ遠くの村から汲み取りに来てくれるのか。

「で、手間賃はいかほど払えばよいのじゃ」

「いえいえ、月に一度汲み取りに来ますが、支払いは不要です」

「なに、金は要らんのか」

「それどころか、師走には向こうから礼金を持ってまいります」

勘兵衛は首を傾げる。

「糞尿を汲み取ってくれて、しかも礼金をくれるのか。いったいどういうわけじゃ」

「ですからね。肥やしですよ。大根や青菜などの畑にかけると味がよくなります。新しい長屋ができると、ああやって、お百姓が肥やしの買い付けにまわって来るんです」

昼時となる。久助が朝に炊いた飯に青菜の煮つけと大根の味噌汁を添えて、これが昼飯である。これにも肥やしがかかっているのか。なるほど、うまい。黙々と食い終わって、再び帳場に戻る。

相変わらず客も来ず、なにも起こらなければ、ただひたすらに退屈なだけである。

「そうそう、旦那様、今日は午後から番屋にお顔を出される日ではありませんか」

「おお、そうであった」

つい先日、井筒屋の世話で柳橋の茶屋で一席設けた。町名主と近隣の四人の大家を招き、饗応した。

そのとき、下駄屋の杢兵衛が言ってくれたのだ。あの男、四角い顔で下駄屋とは見事に名は体を表しておる。なかなか親切な性分とみえて、今度自身番で当番の日に、町役の仕事をお教えしましょうと。それが今日だった。

「今、何刻じゃ」

「八つ前でございます」

「おお、ちょうどよい」

「お出かけなさいますか」

「うむ。夕暮れまでには戻るであろう」

これで退屈がしのげる。

人形町通りに交差する四辻の自身番、入口はいつも開いている。中を覗くと定番の甚助が顔を出した。

「あ、亀屋の旦那様、お待ちしておりました。どうぞお入りくださいませ」

自身番は九尺三間の小屋で、玉砂利を踏んで土間に入ると、突棒《つくぼう》、刺又《さすまた》、火消し道具などが立てかけられていた。衝立で仕切られた三畳の畳の間があり、文机の前に座って杢兵衛が茶を飲んでいる。

「おお、勘兵衛さん、お待ちしておりました」

「これは杢兵衛殿、お待たせいたした」

「ささ、こっちへお入りなさい」

「では、失礼いたす」

上がり込んで勘兵衛は殺風景な室内を見回す。先日、井筒屋とともに来たときは上がり框《かまち》で立ったまま、簡単に挨拶しただけだった。中はこうなっているのか。

「奥は板の間かの」

「捕らえた罪人などを縛って入れておきます」

「ほう、罪人が出ますか」

「罪人が出れば名主さんに届け、お奉行所のお役人に引き渡します。でもまあ、たまに酔っぱらいが引っ張られてくるぐらいで、たいした騒ぎはあたしの知る限り、滅多にありません」

世の中はやはり平安なのであろうか。

番屋の仕事は悪事の取り締まりというより、町内からの届け出を名主に報告したり、またお上からのお達しをそれぞれ長屋の店子に伝えたり、転居や死亡など人別帳にかかわる書き入れ、祭礼などの行事の手配などいろいろあるが、ずっと一日詰めていなければならぬ職務でもなさそうだ。

そのとき、戸口で「番、番」と大声がする。

「あ、お見廻りですよ」

李兵衛が戸口をうかがい、甚助が外に向かって返事をする。

「へーい」

外に御用箱を背負った町奉行所の小者が立ち、番屋に呼びかけているのだ。

「番人、旦那のお見廻りであるぞ」

「ははあ」

甚助が小柄な年寄りにも似合わぬ大きな声をあげる。

小者の後ろには着流しに黒い長羽織、頭を銀杏《いちょう》に結った定町廻《じょうまちまわり》同心が胸をそらして立っている。

甚助と李兵衛が入口にひれ伏すので、勘兵衛もそれに倣う。

「お役目、ご苦労様でございます」

李兵衛が平伏したまま挨拶する。

「うむ、変わりはないか」

「ございませんが、実は」

「なんじゃ」

「これなるは田所町の勘兵衛長屋の大家勘兵衛、このほど町役人となりましたので、よろしくお願い申し上げます」

李兵衛に紹介してもらい、勘兵衛は恭《うやうや》しく平伏する。

「さようか。田所町の勘兵衛」

「ははあ」

「わしは南の井上平蔵《いのうえへいぞう》じゃ、よろしく頼むぜ」


毎月、月末が近づくと、どこの裏長屋でも住民が落ち着かなくなる。米屋、酒屋、八百屋、魚屋など、日頃ツケで買っている店に代金をまとめて払わなくてはならないのだ。

長屋の店賃もまた月払いである。九尺二間の裏長屋でも五百文から千文はする。長屋の住人は蓄えのない貧しいその日暮らしが多い。日銭は百文も稼げばいいほうだ。日々が順調ならそれで間に合うが、病気をしたり、仕事をしくじったりすると、商店の支払いも店賃も滞《とどこお》る。借金が溜まると、金が敵《かたき》で首をくったり、川に身を投げたりもないではない。

　とかく浮世は世知辛《せちがら》い。

「旦那様、そろそろ晦日《みそか》でございます」

　今月の初旬に勘兵衛長屋が完成し、店子たちが入居し、勘兵衛が大家になってそろそろ二十日にはなる。

「おや、そうなるかい。早いもんだねえ」

　近頃、勘兵衛は町人の言葉がすらっと出るようになった。

「こんなことを申しては失礼かもしれませんが、旦那様、このところ、お侍訛《なま》りが取れたんじゃありませんか」

「侍訛りってことはないだろ」

　実を言えば、店があんまり閑なので、昼飯のあとは商売を久助に任せ、勘兵衛はここ二十日ばかり名所図会を携《たずさ》えて町をぶらぶらと歩き回る。人形町通りの西側にある芝居町は賑やかで、着飾った若い女たちは目の保養となった。

　茶店で一服して周りの話し声を聞く。湯屋《ゆや》でも客の会話に耳を傾ける。最初のうちは何を言ってるのかよくわからなかった町人の言葉が、面白いように聞き取れるようになった。

「おまえの手ほどきがいいからだよ」

「畏れ入ります。ところで、晦日が近いので、米屋、八百屋など、支払いはすませておりますが、やはり晦日といえば、長屋のみなさんの店賃《たなちん》のことが」

「店賃か。それは気がつかなかったな」

どこの長屋でも月末に大家が店賃を集金し、それを地主に届けるのである。

「旦那様、そろそろ井筒屋のほうへいらっしゃったほうが」

「うむ。井筒屋とは店賃の取り決めはしていなかったな」

勘兵衛長屋の店子たち、職人や小商人ではあるが、それは仮の姿、ほんとうの仕事は主君であり老中である松平若狭介直属の隠密なのである。

そんな彼らから店賃を取るのか。

たしかにみんなそこそこ働いてはいる。大工の半次は半人前とはいえ稼ぎ頭だ。毎日棟梁のところへ顔を出して仕事に精を出している。産婆のお梅は一度呼ばれて赤子を取り上げたと言っていた。箸職人の熊吉は大きな図体で時々できた箸を大事そうに商家に届けているようだ。あとの連中は担ぎの小間物屋にしろ、大道の易者にしろ、ガマの油にしろ、毎日出かけてはいるが、ちゃんと商売になっているのだろうか。

「わたしも井筒屋さんには世話になっているから、店賃を届けろと言われればそうするが、いったい長屋のみんなからいくらもらえばいいかね。店賃の相場は」

「あれれっ」

久助がすっとんきょうな声をあげる。

「どうした」

「旦那様、違いますよう。なに、おっしゃってるんです。旦那様が長屋のみなさんから店賃を集めるんじゃありません。店子のみなさんへのお手当、大家さんから店子のみなさんへ店賃を渡すんです」

「なんと申す」

驚き方はやはり武家言葉のままの勘兵衛であった。

三

「それにしても、わずかの間に上達なさいましたな」

井筒屋が感心する。

「何がでございます」

「ほれ、その言葉つき、どう見ても商家の主です」

今日は大家を拝命して初めての晦日、勘兵衛は通旅籠町の井筒屋を訪ねた。

作左衛門は勘兵衛の口調がすっかり町人風に変わっていたので驚きを隠せない。

「そのことでございますか」

勘兵衛は笑う。

「毎日毎日、久助に一言一言直されましてね。あれのしつこさにはほとほと参りましたが、その後《ご》思い直しまして、店が閑なのにかこつけて、名所図会片手に江戸の町を歩きました。無理してしゃべるのではなくて、耳から入った町の人たちの言葉が口から出るように努めております。侍訛りは多少は取れておりましょうかな」

「見事に」

「おお、それは畏れ入ります」

「初めてここでお目にかかったときは、あまりに武張《ぶば》ったお方なので、一時はどうなるかと心配いたしましたが、いやいや、武家言葉を侍訛りとは」

「これなら、出羽から出てきたばかりで言葉がうまくしゃべれませんと弁解せずにすみましょう」

「こりゃ、一本取られた」

作左衛門は自分の額を扇子《せんす》でぽんと打つ。

「しかし、井筒屋さん」

勘兵衛は井筒屋をぐっと見る。言葉つきは商人ながら、眼光は相変わらず鋭いままだ。

「ご家老からうかがっておりますが、あなたも元は小栗藩のご家中、お家のためにいろいろ働いていらしたとか」

「お暇をいただいてもう二十年になりますので、今ではすっかり町人です。昔はご家老の下で隠密を務めておりまして、江戸と国元を行ったり来たりの日々でございましたよ」

「それで、今回の隠密たちの世話を」

「はい、ご家老様からお話があり、先代様からご奉公したお家に御恩返しと思いまして」

「そうでしたか」

「勘兵衛さんも長屋のみなさんもすっかり板についておられる。これならば、大事なお役目にも十分に働いていただけると安心しております。そこで、まずは店賃のことですが」

作左衛門はかねて用意の金子《きんす》、人数分の包《つつみ》が入った袱紗《ふくさ》を差し出す。

「他の長屋と違い、こちらからみなさまに手間賃として受け取っていただきます」

「ありがたく頂戴いたします」

勘兵衛は袱紗を押しいただく。

「それと、これは大家さんの分ですが」

「わたしにもいただけますか。亀屋はいっこうに儲からず、ご負担ばかりおかけいたし、申し訳ないですな」

「いいえ、ご心配なく。店賃も大家さんの分もご家老を通じてお屋敷から出ております。わたしは右から左へと手渡す役目」

それもまた押しいただく。

「ありがとう存じます。わたくし、お屋敷では勘定方をしておりましたので、武士に似合わず出銭のことが気にかかります。井筒屋さんは朽ちかけた長屋をご自分で買い取り、半年かけて建て直された。普請の手間賃だけでも相当な物入りだと思われます。また、亀屋にしましても、店の改装、品物の仕入れ、番頭久助の給金まで、すべて井筒屋さんが賄《まかな》っておられる。これらの費用、小栗藩のほうと取り決めがありましょうや」

作左衛門は笑う。

「いやあ、勘兵衛さん、わたしも商売人ですから、損のないように算盤ははじきます。昔、ご家老から隠密を命じられたとき、担ぎの貸本屋に身をやつしておりました」

「貸本屋ですか」

「あの商売は本さえ担いでいれば、どこの商家、どこのお屋敷にでも、怪しまれずにすんなり入っていけます。二十年前、お暇をいただいたとき、ご家老の口利きで、先代のお殿様からご褒美として貸本屋を開く支度金を頂戴しました。最初は小さな貸本屋、だんだんと商売が面白くなり、売れそうな本を自分でも作りたくなり、それが当たると、次々に売り出す。店を広げる。いつしか大通りに版元を兼ねた地本問屋を開いておりました」

「商売がお上手《じょうず》なんですな」

「自分でいうのもなんですが、以前は儲けることばかり考えておりました」

「へええ」

「武士よりも商人が向いていたのでしょうかねえ。儲かる本を出す。ひとつには、だれもが思いつかないような本。もうひとつは、大勢の人に楽しんでもらえる本。そんな本を出すと、これが飛ぶように売れます。買った人はみな喜び、喜ぶ人の数が多ければ多いほどわたしは儲かります」

「なんと」

勘兵衛は感心する。

「それで、今回の長屋、井筒屋さんは儲かりますか」

作左衛門は思案する。

「さあて、どうでしょうか。わたしも還暦を過ぎまして、正直なところ、これ以上店を大きくするとか、金を集めるとか、そういった欲がなくなりました。損得など考えず、なにか世の中のためになるようなこともしてみたい。そんなとき、ご家老からお話がありまして、隠密の方々を町の裏長屋に集めるというのは、実はわたしから申し上げた思いつきです」

「なるほど、だれもが思いつかず、多くの人を陰ながら救う。井筒屋さんのほうが、わたしよりもよほど陰徳の相がおありだ」

「なあに、危ない橋を渡るのはあなたがたで、わたしは高みの見物です。さて、この二十日の間でみなさんも町に溶け込む足慣らしをされたことと思います」

作左衛門は一枚の瓦版《かわらばん》を勘兵衛に差し出す。

「ご覧ください」

「ほう、これは」

毒々しい絵は刀を振り上げる着流しの武士。斬り落とされたとおぼしき自分の首を胸に抱えて突っ立つ男。

「下谷《したや》往来にて辻斬り、斬られた首を抱えてしばらく歩いてから、ようやくこときれた男の絵です。お殿様がこの瓦版に目をとめられましてね。どうも下谷のほうで辻斬りがいくつかあったという噂です。老中からお奉行所に問い合わせると、そんな案件はないとのことで、真偽を調べよとのご下命です」

「凄まじいというより、どこか滑稽な絵ですな。ですが」

勘兵衛は首をひねる。

「ご身分ある殿が、このような下々の瓦版をいかにして手に入れられたのでしょう」

「そのことなら、ご家老様から伺っております。御用部屋でご老中方のお世話をする茶坊主のひとりを殿が手なずけられまして、巷《ちまた》でお裁きの種になるような珍聞《ちんぶん》あれば耳打ちせよと申しつけておられたよし。その茶坊主が住んでおりますのが下谷の御家《ご》人《にん》屋敷、その近辺でこのような噂がござると、殿にその瓦版をそっと差し出したとのことです」

「殿もいろいろと案じておられるのですね。ご心中、お察し申し上げねば」

「江戸市中での辻斬りは許せない。もしも辻斬りがありながら奉行所が動かないとしたら、それもおかしい」

「たしかに」

「瓦版によりますと、夜ごとに出没して人を殺すらしい。あることないこと大げさに書きたてるのが読売の商売ですが、火のないところに煙は立たずとも申します。まずは長屋のみなさんの小手調べというところで、いかがでしょう」


その夜、亀屋の二階には勘兵衛長屋の店子九人が勢ぞろいした。

「無事に最初の晦日が迎えられました。世間では、晦日といえば掛け取りが来て、種々の支払いがあり、長屋では大家が店賃を集めますが、勘兵衛長屋は世間とは逆、店子のみなさんに店賃を受け取っていただきます。みなさんの店子ぶり、なかなか板についておられると、今日、井筒屋さんから褒められて、わたしはうれしかった。この店賃はお屋敷からのお手当です」

「大家さん、驚いたねえ」

大工の半次が声をかける。

「初めてここでみんなが顔を合わせたときの大家さんの挨拶、各々方、われら一丸となり力を合わせて殿のため、世のため人のため、世直しに励もうぞ。えいえいおうって掛け声が出そうだった。それが今ではすっかり素町人《す》、驚きやした」

勘兵衛はにやり。

「半次さん、おまえさんほどではないよ。さあ、みなさん、受け取っとくれ」

盆に載った紙包を一同に回す久助。

「いよっ、ありがてえっ」

半次が包を押しいただく。

順番に金の包が行きわたる。

いち早く包を開いた半次が声をあげる。

「うわあっ、小判で三両。こいつは豪儀だ。これだけありゃあ、仕事に行かず、芝居見物ができます」

鋳掛屋の二平は仰天している。

「大家さん、こんなにいただいてよろしいんで」

「遠慮しなさんな。二平さん、おまえさんにも十分に働いてもらいますよ」

それぞれ元の身分では禄高も様々であったろう。勘兵衛は勘定方であったので、だいたいのお役目格式でどのぐらいかは推測できた。小栗藩では馬廻、祐筆、奥医師は高禄。小姓はそれより少し下。作事方、賄方は勘定方と同程度の微禄、足軽はほとんど商家の下男並みの給金しかもらえない。家老直属の忍びについては見当もつかなかった。それが一律に三両である。元の身分も男も女もない。みな、同じ長屋の九尺二間に暮らしている。

「店賃、行きわたったたね。では、さっそくだが仕事の話だ。今、みんながそれぞれやっている表の仕事じゃないよ。井筒屋さんを通じて、お殿様から探索の仕事をいただいた」

「おう、いよいよですな」

一同は身を乗り出す。

「これを見てくれないか」

例の瓦版がみなに回される。

「瓦版によると、夜ごとに下谷で辻斬りが出て、男が首を斬られたという話だが、お殿様が町奉行所にお尋ねになったところ、そんな案件はないというんだな。瓦版が嘘八百を書きたてることはよくあるし、あるいは町奉行所も差しさわりのあることは公にしない。真相を究明せよとのお達し、さて、どうするかね」

勘兵衛は一同を見渡す。

「まずは瓦版屋に真偽をたしかめるというのも一手ですね。書いてあるのがどこまでほんとか嘘か。売れるためには根も葉もないことを書き散らしますからな」

そう言ったのは易者の玄信である。

「なるほど、では、そこのところは玄信先生に調べてもらいましょうか」

「大家さんから先生呼ばわりされると、ちと、気恥ずかしい。ですが、この瓦版、版元の印がない」

「それなら、井筒屋さんのほうで教えていただきました。神田の紅屋三郎兵衛《べにやさぶろべえ》です。先生、行ってもらえますか」

「承知しました。当たってみましょう」

「大家殿」

浪人の橘左内が言う。

「この絵にて判断いたすところ、斬り落とされた首を抱えて、しばし歩いたと申すが、これがまことならば、下手人《げしゅにん》は相当の使い手でござるな」

左内さんはまったく侍訛りが取れないね、と苦笑しながら勘兵衛はうなずく。

「その絵は話を面白くするために瓦版屋が作っているのかもしれません。そこのところも玄信先生に当たってもらいましょう」

「心得ました」

「さて、瓦版にはわざわざ下谷と書いてある。実は殿にその瓦版を進呈した茶坊主が下谷住まいとのこと。下谷で最近、辻斬りの噂があるらしい」

小間物屋の徳次郎が意見を言う。

「殺されても、わけあって表に出せないのかもしれない。それなら奉行所も不問となります」

「うん、そういうこともあるね。それも含めて下谷での噂の探索、弥太郎さん、お京さん、おまえさんたちは慣れてるだろうから、よろしく頼むよ。それに外回りの徳次郎さん、大工仲間に顔のきく半次さんにもお願いします。何か気になること、細かいこと、なんでも耳に入れてきてくださいな」

「合点承知」

四人はうなずく。

「あのう、あたしはなにをすれば」

産婆のお梅が聞く。

「そうだね。お梅さんと左内さん、熊吉さん、二平さんはしばらく出番待ち。みなさんの聞き込みの話が集まったら、またそのときに考えましょう。この先、どんな悪党が出てくるかわからない。そのときは左内さんの剣の腕、熊吉さんの怪力、二平さんの鉄砲が」

「大家さん、江戸市中での鉄砲は」

　二平があわてる。

「まあ、そこはうまいことやりましょう。そしてお梅さんには、うーん、そうそう、毒薬で悪党を退治してもらいます」

「いやですよう」

　お梅は大仰に首を振る。

「薬は人を生かすもの。殺したりしちゃ」

「なあに、洒落《しゃれ》です。洒落」

「まあ、大家さんたら」

　ほっとした様子のお梅である。

「そうと決まったら、久助」

「へーい」

　久助が二階に酒と肴を運び入れる。

「みなさん、今夜は無礼講だ。たいしたもてなしはできないが、どうぞ、やっておくんなさい」

町人になりきった勘兵衛であった。

江戸城本丸、老中の御用部屋で松平若狭介は考え込んでいた。

月番の南町奉行から死罪の裁可をあおぐ裁許状が届いた。

死罪の場合、老中一同が評議し、将軍に伝え、将軍の判によって死罪が決定する。決して町奉行の一存では極刑を執行できなかった。人の命は重いものなのだ。

今回は罪人四名の凶状があがっている。

十両以上の盗みを働いた者三名。盗みの場合、十両を超えれば死罪である。十両未満の場合は遠島なり追放なり百叩きなり、奉行が裁決して執行されるので、老中にまでは伺わない。

あと一人は夫婦喧嘩で女房を殴り殺した職人。身重の女房を殴ったら打ちどころが悪くて死んだという。一度に女房とお腹の子を死なせてしまったのだ。馬鹿な男である。喧嘩の原因は詳しく書かれていない。どんな事情があるにせよ、人殺しは重罪である。

老中首座の牧村能登守を筆頭に、森田肥前守、大石美濃守、宍倉大炊頭、そして松平若狭介の五名で評議する。どの罪人も同情の余地はない。

「女房と腹の子を殺《あや》めたるは、いかなるわけであろう」

能登守が言う。

「喧嘩で逆上し、殺めたとのみで、わけは記してございませんな」

肥前守も首を傾げる。

「女房の不義が露見し成敗ならば、お咎めなしでございますが、そのような口書きもなく」

「では、ご一同、死罪でよろしかろう」

「ははっ」

ささっと裁許状に目を通し、上様へ上申。上様はすんなり判を押されるので、死罪は確定する。

十両以上盗んだり、女房を殺したり、報いを受けるのは当然であろう。が、世の中、はるかに大きな悪事が蠢《うごめ》いているのもたしかである。

何百両、何千両、いや、何万両も不正に手に入れて栄耀栄華《えいようえいが》を誇る者もいる。大勢の無辜《むこ》の民を苦しめ死に追いやっても己は安穏に暮らしている者もいる。

さて、長屋の者ども、うまく働いてくれればよいが。

四

神田三島町《みしまちょう》の奥まった横町にある紅屋三郎兵衛の店先に、ひとりの男が立ち寄った。

「ごめんくだされ」

「はーい」

中から主人の三郎兵衛が顔を出す。

「ええ、なにか」

ぬっと店内に入ってきた男は四十がらみで小太り、頭は茶筅の文人風。

「お邪魔しますよ。こちらは紅屋さんですかな。あなた、ご主人」

男は三郎兵衛の顔をじっと見つめる。

「はい、あたくしが紅屋三郎兵衛でございますが、ええ、どちら様で」

「うむ、わたしは戯作を書いております一筆斎《いっぴつさい》と申します」

「一筆斎さん」

「ご存じか」

　戯作者の一筆斎、聞いたような聞かないような名だと、三郎兵衛は頭をめぐらせるが、話を合わせる。

「ああ、一筆斎さんでしたか」

「さよう。実はね。この読売は、おたくで出されたものでしょうな」

　一筆斎と名乗る男が一枚の瓦版をすっと差し出す。辻斬りに斬られた首を抱えている絵である。

「はあ、さようですが、それがどうかいたしましたか」

　三郎兵衛は訝《いぶか》しむ。

「あ、苦情を申し立てに来たわけではない。ご心配なく。この絵ですが、実に面白いですな。自分で自分の斬られた首を抱えているなんぞは」

　褒められるのはうれしい。

「そうですか。ふふ、お褒めにあずかり、恐縮です」

「で、ちと、お願いの儀がございましてな」

「はあ」

「実は今、山海《せんがい》経《きょう》をもとに化け物が仇討《あだう》ちする戯作を書いておりますが」

「化け物の仇討ち、それはまた、凝った趣向でございますな」

「ご亭主、山海経をご存じですかな」

「あの、唐土《もろこし》の」

「さよう。その中に刑天《けいてん》と申す怪異がありましょう」

「はあ、そこまでは」

「首がなく、胸に顔のある異形です」

「ほう」

「その化け物が斬り合いをいたします」

「へえ」

「で、こちらで出されたこの瓦版を見まして、ふと思いついたのだが、これをぜひともわたしの趣向に組み入れたい」

「ほう、この絵をですか」

「いかがかな。この絵の背景について、詳しいお話をお聞かせ願えませんでしょうかな。いや、自分でいうのもなんですが、わたしの戯作はそこそこに売れておりましてね。版元は通旅籠町の井筒屋ですが」

「おお、井筒屋さんから戯作を出しておられる」

「はい、この瓦版も井筒屋の旦那からもらったのです」

「へえ、井筒屋さんがこれを」

「どうでしょう。詳しくお聞かせいただければ、それなりにお礼を。あ、しかし今、お忙しいですかな」

「いいえ、ちょいと一服していたところ、それならば、どうぞ、こちらへおいでなさいませ」


みなが町場に散って三日後の夜、亀屋の二階に店子たちが集まり、お互い調べた内容を突き合わせている。

玄信から話を聞いてにやりとする勘兵衛。

「それはうまくやりましたね。なるほど、先生はそのまま戯作者に見えますよ」

「紅屋の主人をだますのは、ちと気が咎めましたが、井筒屋の名前を出すと、すらすらと話してくれました。おまけに、今は瓦版のネタを書く書き手に不自由している。一筆斎さんがもしご都合よければ、なにか書いてくれませんかと頼まれました」

「そいつはいいや」

半次が笑う。

「先生、どうです。易者から戯作者に鞍替えしたら。恩妙堂玄信から一筆斎玄信に」

「うん、紅屋には考えておくと言っておいた」

瓦版屋の話では、下谷で最近辻斬りがあり人が斬られたという噂そのものは実際にあちこちで囁かれているとのこと。斬られた首を胸に抱えてしばし歩いたなどは、話を面白くする工夫だが、いくら瓦版でもまるきりでたらめも書けないので、噂について少しは調べたという。

紅屋は小さな店で奉公人はおらず、ネタ集めから版下の文や絵も主人の三郎兵衛がひとりでこなし、彫《ほ》りと摺《す》りだけはその都度、馴染みの職人に注文する。墨一色の一枚摺りで、できあがれば売り子を雇う。

瓦版で一番苦労するのがネタ集めで、同業が当てたネタをそのままそっくり真似しても二番煎じの使い回しではたいして売れず、かえって損をする。たまに売り込みに来る者もいるが、たいていはありふれたネタ、古いネタであったりする。そこで珍しい話を自分で探す。近辺の湯屋、髪結、蕎麦屋《そばや》などで他の客がしゃべっているのを聞き、ネタを仕入れる。

下谷で辻斬りがあったという話はまず近所の湯屋で耳に入った。そこで下谷の湯屋、髪結、蕎麦屋を何軒もまわって話を集めた。やはり辻斬りの話がどこでも出てくる。ここひと月ほどの間に何人も殺されたという。人数は別として死んでいるのはほんとうだろう。

しかし、それにしてはどうして奉行所が動かないのか。そこで紅屋はさらに踏み込んだ噂に行きつく。多少の尾鰭《おひれ》がついているだろうが、殺されたのは町人ではなく侍で、しかも身分の高い直参《じきさん》旗本だというのだ。屋敷ではひっそりと葬儀もあったとのこと。旗本が近隣の夜道で殺されては外聞《がいぶん》にかかわる。下手するとお家断絶である。そこで、奉行所には手を回し、お上には病死かなんぞで届け出た。旗本の家ではあくまでも内密にするが、人の口に戸は立てられず、広まってしまった。これが噂の真相ではないか。

「さすがは瓦版屋、商売人です。よく調べておりますよ。だが、それをそのまま瓦版にしたら、まず火の粉がふりかかり、お咎めは間違いない。そこで場所は下谷のまま、辻斬りの侍が町人らしき男の首を斬り、殺された自分の首を抱えている絵にしたとのこと。夜毎《よごと》に出没というのも、話を大げさにするための方便。おかげで、これがけっこう売れたと喜んでおりました」

「先生、瓦版屋もさすがだが、それをうまく聞き出した先生もさすがです」

勘兵衛は感心する。

「いえいえ、畏れ入ります」

頭を下げる玄信であった。

「なるほどねえ。湯屋かあ」

半次もまた感心する。

「あたしなんぞ、下谷をただぶらぶら歩いただけで、棒にも当たりませんでした。湯屋ならいろいろ聞けたかな」

「先生の話、なかなか面白うございますね。あたしも下谷をうろつきまして、あちこちで辻斬りの噂を耳にいたしました」

そう言うのは飴売りの弥太郎である。

「でも、今、辻斬りの噂がたくさん出てくるのは、逆にいえば、その瓦版がけっこう売れて、それを読んだ者たちが噂をさらに広げているのも一因かもしれません」

「なるほど」

勘兵衛は膝を打つ。

「弥太郎さん、それも一理あるね」

「あたしはちょいと別のところに潜り込みまして、先生とはまた別の話を仕入れてまいりました」

「ほう、聞かせておくれ」

「あたしが行きましたのが、とある寺の御開帳でして」

「というと」

「これでございます」

弥太郎は賽子《さいころ》を振る真似をする。

「なんだい。それって賭場《とば》かい」

半次が横から口を出す。

「はい、ちょいとした手慰みでございます」


下谷界隈は町場に隣り合わせて下級の武家屋敷も多く、小普請《こぶしん》旗本の中間《ちゅうげん》部屋や貧乏寺の本堂などで賭場が開かれていた。賭博そのものは違法だが、武家地や寺社地は町奉行所の管轄外で、容易に踏み込めず、半ば黙認の形であった。

弥太郎が夕闇に紛れるように入っていったのは、下谷町と武家地に挟まれた小さな寺である。

仕切っているのは土地の顔役で、客は主に近所の職人や商人、無職渡世の遊び人も交じっていた。

寺の本堂には燭台が明々《あかあか》と掲げられ、丁半博打《ちょうはんばくち》が行われている。諸肌脱いだ壺振りが盆茣蓙《ぼんござ》の上に壺を伏せる。二つの賽の目の合計が偶数ならば丁、奇数ならば半。盆茣蓙の周りの客は丁か半かいずれかに駒札を賭ける。

勝てば駒札が増え、負ければ駒札が減る。なくなれば、胴元に金を渡し金額分の駒札をもらう。

「丁方ないか、丁方ないか」

壺振りが叫ぶ。

「丁」

弥太郎が丁に賭ける。

壺があがると、賽の目は二と四で丁。

この日、弥太郎につきがあった。勝ってもこのあたりの小博打、たいしたことはない。駒札を銭に替えていると、隣にいた遊び人が声をかけてくる。

「にいさん、今日はいい目が出たようだが、もう帰るのかい」

「へい、たいして勝っちゃいませんが、あんまり遅くなると、近頃ここらは物騒というじゃありませんか。辻斬りだか追いはぎだかに出遭うと元も子もねえ」

「だけど、おめえ、いい若えもんが辻斬りが怖いのかい」

「怖いですよう。ほら、あの瓦版、首が落ちたのも気がつかず、自分の首を抱えるなんぞ、まっぴらだ」

　遊び人は笑う。

「おめえ、あんな読売はでたらめだぜ」

「そうですかい」

「そうとも。斬られた首を自分で抱えて歩くなんざ、嘘っぱちに決まってら」

「じゃあ、辻斬りは出ないんで」

「瓦版は嘘っぱちだが、辻斬りは出るよ。だって」

　遊び人は周囲をはばかるように目を走らせる。

「俺はこの目で見たからな」

「ほんとですかい」

「嘘は言わねえ」

　ほんとか嘘かはわからないが、やはりついていた。これはいい男に巡り合った。弥太郎は言う。

「ねえ、兄貴、ちょいとお願いがあるんですがね」

「なんでえ」

「俺の死んだ親父の遺言で、博打に勝ったら、勝ち逃げはいけねえ。運がなくなるんだと。だから厄落《やく》としに隣の人におごれというんだが、兄貴、もしよければ、こんな三下《さんした》が言うのも失礼だけど、縁起をかついで俺に一杯おごらせちゃ、もらえませんかねえ」

「え、いいのかい」

遊び人はにやける。

「親父の遺言でして」

「そいつはいい親父さんだ。俺でよければ、一杯といわず、ごちになるぜ」

男は歳の頃は三十過ぎ、金太《きんた》と名乗った。近くの居酒屋に入り、酒を飲ませる。

ぺらぺらとどうでもいいような自慢話をさんざん聞かされ、弥太郎はふと思い出したように言う。

「それはそうと、辻斬りは物騒だが、兄貴、さっきも言ってたが、ほんとに辻斬りを見たのかい」

「見たとも。いやなもん、見ちまったよ。酒がまずくなるからこの話はよそう」

「そうかい。だよな。瓦版じゃ、首がすぱっと斬られて」

「あ、だから、首なんぞ、斬られちゃいねえ。あんなものは嘘っぱちさ」

「首は斬られなかったのかい」

「うん、前から後ろからばっさりだが、首はくっついたままだった」

「へえ」

「そのまま川に蹴落とされて、あれじゃ、浮かばれねえな。いやな野郎だったけど」

「いやな野郎って」

「だから、斬られた五郎蔵《ごろぞう》よ」

「兄貴の知りあいなのかい」

「顔見知りだが、あんな野郎と知り合いたくねえよ。その名も切られの五郎蔵といって、頬っぺたに大きな切り傷があってな、切られの五郎蔵が斬られたんじゃ、悪い洒落だぜ。まあ、嫌われもんで、死んだってだれもなんとも思わねえや」

「斬ったのは、やっぱり侍かい」

「うん、賭場の帰りで、あの野郎が俺の前を歩いてたんだ。いやな野郎だから、俺は間を置いて、気づかれないように後ろをそうっと歩いた。すると、侍が、ひとりじゃねえ、四、五人、ぬっと出てきて、そのうちのひとりがいきなり刀を抜きやがった。俺は驚いて、そっと物陰に隠れた。で、五郎蔵がびっくりして逃げようとするのを四方からばっさり、よろけたところを川に蹴落としたんだ。俺はその場に腰抜かして動けなかった。おかげで侍たちに気づかれず、助かったがね」

「そいつは命拾いだったねえ。で、兄貴、そのことは番屋にでも届けたのかい」

「馬鹿言っちゃいけねえ。五郎蔵ってのは札付きの悪党だぜ。人の弱みにつけこんで、強請《ゆす》りたかりはお手のもの、恨んでる人間は多かったはずだ。野郎がくたばって、みんな喜んでるよ。あんな野郎のことを届けて、痛くもねえ腹さぐられたんじゃ割に合わねえ。知らぬ顔の半兵衛《はんべえ》を決め込んだのさ」

「では、辻斬りに斬られたのは遊び人か」

「はい、その金太という者の話では御数寄屋町《おすきやまち》の長屋に住む切られの五郎蔵という悪名の遊び人。で、御数寄屋町を当たってみましたら、五郎蔵という者がたしかに亡くなっておりました」

「ほう、では金太の話に間違いはないのだね」

「忍川《しのぶがわ》に土左衛門《どざえもん》で浮かんでいたそうです。殺されたことはたしかですが、辻斬りかどうかはわからず、近所の話ではどうせ喧嘩でもしたんだろうと。遊び人というより嫌われ者のならず者。日頃から切った張ったが渡世の野郎で、だれも気にしていないし、奉行所も取り合わないと。長屋では、あんなやつの弔《とむら》いに銭を出し合ったりでとんだ迷惑だったが、厄介者がいなくなってせいせいしたと言っておりました」

「金太という遊び人が見たという辻斬りは四、五人の侍ということだが」

「はい、金太はそう申しておりました。ほんとに見たのかどうか、口から出まかせかもしれず、そこは瓦版とは違っておりますが、真偽のほどはわかりません」

勘兵衛は腕を組んで考え込む。

「あの、雲をつかむような話で申し訳ないのですが」

そう言ったのはお京である。

「玄信先生や弥太郎さんとくらべると、ぼんやりとした噂ですが、下谷で辻斬りに遭ったという人、まだまだ出てくるかもしれませんよ。あたしが聞いたのは、大店《おおだな》の主人が辻斬りに殺されたというんですけどね」

「ほう、今度は大店の主人か」

「ただ、あんまりあやふやなものですから、日本橋あたりの大店というだけで、店の名前も主の名前もはっきりとはわかりません」

「お京さん、おまえさん、その話はどこからだい」

「あたしがときどき髪結で出入りしている下谷の芸者置屋《おきや》です。ああいうところは口が固いのが信条ですが、芸者さんの中には話し好きがけっこうおります。あたしが髪を結いながら、近頃はこのあたりは物騒ですねえ、そう話をもっていくと、池之端《いけのはた》の茶屋で日本橋の大店の旦那衆の集まりがあり、その帰り道に旦那のひとりが辻斬りに襲われたそうだという話になりまして。ただ、それ以上はわからなくて」

「なるほど、池之端で大店の集まりか。お京さん、その話、もう少し詳しく調べてくれないか。茶屋の名前がわかれば、何か出るかもしれない」

「承知しました」

「今日のところは、まずここまでだね。玄信先生の瓦版屋の話では、どうも殺されたのが下谷近辺に住むお旗本らしい。弥太郎さんの話では遊び人の五郎蔵という男が五人ほどの侍に斬られて土左衛門になった。お京さんの話では日本橋あたりの大店の主人が池之端の茶屋の帰りに斬られた。わたしは思うんだが、下谷でここ最近、いくつか人殺しがあったのは確かだろう。辻斬りというのはたいてい金が目当て、試し斬りもあれば、遺恨もある。今のところ、下手人はわからない。が、殺された者の身元がもう少しはっきりすれば、殺した者にたどり着く道もあるのではないかと思う」

一同はうなずく。

「そこでだ。ひとつはお旗本。下谷あたりの旗本で最近亡くなった人がいれば、それが手掛かりになるんじゃなかろうか。もうひとつは、死んだ遊び人の五郎蔵の身辺と辻斬りを見たという金太についても突っ込んでみたい。そして、池之端の茶屋の帰りに斬られた大店の主人の話もね」

　半次が顔をしかめる。

「また出るかもしれませんぜ。辻斬り」

「そうだな。遊び人の話じゃ、四、五人の侍というからな。物騒な話だね」

　ずっと黙っていた熊吉がぼそっと言う。

「当分、下谷界隈は夜歩きできませんね」

　それを聞いた勘兵衛、はたと思いつく。

「うん、熊さん、いいこと言うね。どうだろう。いつ出るかはわからないが、腕に覚えのある者が交代で夜歩きしてみては」

第三章　辻斬り始末

一

ああ、いい湯だなあ。

勘兵衛は近所の湯屋に行くのを愉しみにしている。

小石川の拝領屋敷は小さいながらも一軒家であり、内湯があったので、湯屋には滅多に行かなかった。第一、武家地には湯屋そのものがない。

思えば、若い頃にたった一度だけ行ったことがあった。湯島の山岸道場で汗をかいたあと、倉之助に誘われて、妻恋町の湯屋に行ったのだ。これが驚いたことに男女混浴の入《い》り込《こ》みの湯屋だった。あんなに動揺したことはない。それが最初で最後、そのあとはいくら倉之助に誘われても頑《がん》として断った。まだ十六、七の頃で若かったのだ。

近頃は奉行所からのお達しで湯屋の入り込みはご法度《はっと》、どこも男女別々である。それにしても、町人はみな湯屋に行く。武士と違って内湯は許されていないので、裏長屋ばかりか大通りの名のある大店《おおだな》にだって湯殿はない。男も女も大人も子供も貧乏人も金持ちも主人も奉公人も、町人はみんな湯屋に行く。だから江戸の町には湯屋がやたら多いのだ。

勘兵衛は近頃ではすっかり町の暮らしに馴染んでいる。ほぼ毎日のように湯屋に通う。この歳になると、いっそのこと男女入り込みの湯でもかまわないのだがと、多少の色気が残っているのか、思ったりもする。

瓦版屋《かわらばんや》のネタ集めは湯屋での噂話から仕入れることもあるという。だれか辻斬りの噂でもしていないだろうか。どこぞの大店の主人が辻斬りにやられたよ、などと。案外身近にネタが転がっているかもしれない。周囲をそっと見回すが、まだ七つを過ぎたばかりで客は少ない。

お屋敷勤めのときは七つで仕事をぴたりと終えていたので、絵草子屋の亀屋も七つで閉めている。どうせ客は来ないのだから。あとは番頭の久助に任せ、今日もどっぷりと広々とした湯に浸かっている。

「いやあ、亀屋の勘兵衛さんじゃございませんか」

柘榴口《ざくろぐち》から入ってきた男が声をかけた。

「はあ」

「やっぱり勘兵衛さんですね」

湯けむりの向こうの四角い顔は下駄屋の杢兵衛だった。

「おや、これは杢兵衛さん」

「はは、しばらくですな」

近所の割には湯屋で顔を合わせるのは初めてだった。

「勘兵衛さん、いつもこの刻限に」

「ええ」

「いいですねえ。空《す》いてて。もう半刻もすると、けっこう混み合ってきます。そうだ。あとでちょいと二階で一服しましょうよ」

杢兵衛に誘われるまま、湯上がりに二階へあがる。

いつもはさっと帰るので、ここにあがるのは初めてである。

二階には煙草《たばこ》盆や茶の道具、茶菓子、碁盤や将棋盤、三味線《しゃみせん》なども置いてあり、湯上がりの憩いの場になっていた。ここもまだ客は少なく、隅で年寄りがぼんやりと煙草を吸っているばかりだ。

「勘兵衛さん、江戸の暮らし、ずいぶんと慣れたようですね」

「えっ」

「出羽から出てらして、もうひと月ですか」

「ああ、はい」

柳橋の宴席で、井筒屋が勘兵衛を出羽から出たばかりだとみなに紹介したのだった。

「失礼ながら、あちらの訛《なま》り、最初はなにをおっしゃっているのか、よくわからなくて」

「さようでしたか」

最初のうちは、人前で武家言葉をしゃべらないよう井筒屋から注意され、もごもごと口を動かしていた。

「でも、勘兵衛さん、お国の息子さんにご商売を譲られて、ご隠居なさり、いきなり生き馬の目を抜くような江戸に出てこられ、長屋の大家と絵草子屋を任されるなんて、大変だったでしょう」

「まあ、なんとかやっております」

「だけど、あなた、お国でのご商売、相当な力仕事だったんじゃ」

そう言われてもなんのことかわからない。

「いえ、わたしは一日中、じっと帳面を見ながら算盤《そろばん》をはじく仕事でしたが」

李兵衛は首を傾げる。

「ほんとに。それにしては、ご立派なお体、鍛えてらっしゃいますねえ。胸板も厚いし、腕も鋼《はがね》のようだし、足腰もしっかりされていて、背筋をしゃんと伸ばしておられるところはまるで武芸者、とてもご隠居なさったとは思えない」

まるで武芸者と言われればその通りである。若い頃から武芸で鍛えている体、五十を過ぎても裸になれば一目瞭然だが、正直に言うわけにもいかぬ。

「いいえ、たいしたことはありませんよ。うーん、山国だったので、材木を扱っておりうーん、帳面を見て算盤をはじく傍《かたわ》ら、自分でも木こりに交じって、大木を伐り倒しておりました」

勘兵衛がうなりながらのとっさの出まかせに、李兵衛は目を丸くする。

「へええ、大木を、ご自分で。はあ、そうですか。勘兵衛さん、材木屋さんだったんですね。なるほど、そうでしょう。あたしなんぞ、この歳になりますと、あちこち弱ってまいりますよ。やはり少しは鍛えたほうがいいのかなあ」

「はは、そのようです」

「ほら、おたくのご親戚で地主さんの井筒屋さん、あの方もお元気ですよねえ。還暦は過ぎてらっしゃるでしょうに、ぴんぴんしてたいしたもんだ。そこへいくと、三十半ばでぽっくりいく人もいますからね」

「そうですか」

李兵衛は少し声をひそめる。

「人それぞれでしょうが、あたしの長屋の地主さん、半月ほど前に弔《とむら》いで、驚きましたよ」

「ほう、おたくの地主さんが」

「このあたりの土地持ちでね。ご存じですかな。本町四丁目の近江屋佐兵衛《おうみやさへえ》さん。手広く呉服商をされて、大奥の御用達《ごようたし》までなさってます。先代の旦那が亡くなられてまだそんなに経っていなかったのになあ。二、三年の間に弔いが二度だなんてねえ。今回亡くなられた佐兵衛さんも、もともとお酒が好きな方で、池之端の茶屋でしこたま飲んだらしくて、帰り道でぽっくり。残されたおかみさん、これがたいそうな別嬪です。もったいない話ですよ」

李兵衛が言った通り、日本橋本町四丁目の呉服商、近江屋の主人佐兵衛が亡くなったのは先月の十五日、しかも池之端の茶屋の帰りにぽっくりとのことである。

お京が芸者置屋で聞いた話。日本橋の大店の主人が池之端の茶屋の帰りに辻斬りに殺されたらしい。

このふたつの話はうまくいくと結びつくかもしれない。辻斬りが日本橋の商人を殺したという噂がほんとうなら、殺されたのはひょっとして、近江屋佐兵衛ではないだろうか。

「というわけで、近江屋の周辺を洗ってみました」

勘兵衛は通旅籠町の井筒屋の奥座敷で、作左衛門に報告している。

周辺の聞き込みで次のようなことがわかった。

本町四丁目の近江屋は日本橋界隈に土地や家作を所有する老舗《しにせ》の豪商で呉服商として大奥にも出入りしていた。

当主は代々佐兵衛を名乗り、このほど亡くなった佐兵衛は五代目でまだ三十五の若さであった。父親の四代目佐兵衛が二年前に亡くなっているので、近江屋では三年の間に当主が続けて死亡したことになる。

豪商のひとり息子として甘やかされた五代目は、佐太郎《さたろう》と名乗る若旦那時代から茶屋遊びに吉原《よしわら》通い、金に糸目をつけず、あちこちで浮名《うきな》を流す。

思い余った父の四代目佐兵衛が、これは身を固めさせるしかないと息子の縁談を図る。大店の近江屋だけあって、玉の輿に乗りたがる堅気の娘はいくらでもいる。と思いきや、なかなかそうはいかない。佐太郎の放蕩は世間に広く知れている。そこそこの金持ちならばいいが、大奥御用達の豪商ともなると、そんな大層な家に嫁に行ったら苦労も一通りではなかろう。近江屋と付き合いのある商家の娘たちは二の足を踏む。なかなか縁談が決まらない。といって老舗の大店の嫁、どこの馬の骨でもいいというわけにもいかない。

そこへ思いがけないところから縁談が持ち上がった。

四代目佐兵衛が懇意にしている大奥の滝路という御年寄から宿下がりの奥女中を勧められたのだ。歳は十八、名はお多恵《たえ》。父親は江戸城大奥お広敷《ひろしき》の用人を務めるお旗本、竹内清右衛門《たけうちせいえもん》とのこと。

そんな堅苦しい相手はいやだと佐太郎は渋ったが、父の佐兵衛は商売の利になるかなと乗り気で、無理やり引き合わせる。すると佐太郎はお多恵に一目惚《ひとめぼ》れ。さすがに大奥の奥女中である。吉原の花魁《おいらん》にも近隣の小町娘にもない品格と美貌を備えていた。

身分違いの縁談ではあるが、竹内家も特に難色は示さず、すんなりと話は決まる。

祝言が行われたのが十年前のこと。以後、佐太郎の身持ちは改まり、茶屋酒ぐらいはたまに付き合いで飲むが、商売に身を入れるようになる。二年前に四代目が亡くなり店を継いだあとはさらに身を引き締めて、商売に専念していた。

それが突然の死で、跡取りはいない。近江屋の行く末を心配する者は多いとのこと。


井筒屋は眉を曇らせる。

「本町の近江屋さんですか。そういえば、先月亡くなったんですね」

「ご存じでしたか」

「別町内ですし、これといって付き合いもないので、お弔いには行っておりませんが、たいそうな大店ですよ。なるほど、おかみさんが旗本の出で、元大奥の奥女中でしたか。ふーん。で、勘兵衛さん、この近江屋と下谷の辻斬りの一件と、結びつきましょうか」

「そこなんですがね。徳次郎に店の中をちょいと探らせました」

「ほう、徳次郎さんに」

「あの男、女中やおかみさん相手の小間物屋で、図々しくどこにでも入っていきます。しかも、女に取り入るのが得意と言っておりましたのでね。こういう仕事はうってつけです。徳次郎の集めた話によりますと」

本町の近江屋では先代から仕える一番番頭の栄蔵《えいぞう》がしっかり者で、主人の没後も商売はなんとか順調に続いており、店には普段通りに客が来て、奉公人が応対している。

裏口から出てきた女中が出会いがしらに男にぶつかりそうになる。

「おっと、ねえさん、ごめんなさいよ」

見るとなかなかのいい男。

「いいえ、こっちこそ」

背中に荷を担いでいるのは物売りか。それにしてはこざっぱりして粋な身なり。

「ねえさん、このうちの女中さんですかい」

女中はじっと男に見つめられて、ぞくぞくっとする。

「ええ、そうですけど」

「実はあたし、小間物を商ってるんですが、この近所は初めてなもんで」

男はにっこり笑い、紅《べに》かなにかの小さな器を手渡しながら、そっと女中の手を握る。

「あら、なあに」

「ねえさんは口の形がいいから、この紅が似合いそうだ。ね、ちょいと助けると思って、力を貸してもらえませんかね」

「ええっ、そんな手口で易々と大店の裏口から入り込めるんですか」

女子に取り入るのが得意とは聞いていたが、井筒屋は驚く。

「井筒屋さんもおっしゃっていたじゃありませんか。そこが徳次郎の徳次郎たるところ。あの男だからこそで、わたしらではとても真似できない芸当です。いい男だけなら、世の中にいくらもおりましょうが、あの徳次郎、見た目だけじゃない。すんなりと、いつの間にか女に取り入り、女を喜ばせているんですな。一種の人徳かと」

井筒屋は軽くため息をつく。

「それは人徳とは言わんでしょう。で」

「台所の隅かなんかに櫛《くし》、笄《こうがい》、紅、白粉《おしろい》など小間物を並べましてね。品物はよくて、値も格安です。これで商売をしているわけじゃないから、儲けなくてもいい。そこがまた、女たちにとってはたまらなくうれしいんですな」

「なるほど」

「いろいろと女が喜ぶような世間話をして、いよいよ、ごく何気なく本題に持っていきます」

「はあ」

「女中もひとりだけじゃ、ぺらぺらとはしゃべりません。下手《へた》なことを言って、ばれたら責められます。でも、女三人寄ればなんとかで、徳次郎がうまく水を向けると、もうぺちゃくちゃ、だれが何をしゃべったかわからなくなる。責められても一蓮托生《いちれんたくしょう》、平気の平左《へいざ》」

徳次郎の聞き込んだところによると、近江屋佐兵衛は先月十五日、池之端の茶屋の帰りに急死した。それは事実とのことである。

世間には表向き、急な病《やまい》と伝えて弔いも済ませたが、女中たちの話では、とてもそうは思えないというのだ。

その夜はそろそろ寝る支度をしていたら、戸口を叩く者がいて、番頭が開けると、下谷の町役からの知らせ、旦那が道で倒れて亡くなったから番屋まで引き取りに来てほしいという。一番番頭の栄蔵が若い手代や下男を連れて引き取りに行き、大変な騒ぎになった。旦那を連れ帰った栄蔵の指図で男の奉公人たちが座敷へ運んだが、佐兵衛の着物は血と泥で汚れていたので、翌朝の掃除が大変だった。あの血は大けがをしたか何者かに傷つけられたに相違ない。

栄蔵とおかみのお多恵が相談し、町名主には病死として届けた。

「では、やはり下谷での辻斬りの噂はほんとうで、斬られたのが近江屋の佐兵衛さんということになりますかな」

勘兵衛はうなずく。

「行きずりの辻斬りなのか、あるいは近江屋佐兵衛と知った上で、何者かが命を奪ったか。ともかく、佐兵衛さんが池之端の茶屋の帰りに殺されたのはほんとうでしょう」

「それは手掛かりになりますな」

「日本橋の大店の旦那衆の集まり、茶屋がわかれば、佐兵衛さんが殺される前にだれと会っていたかもわかりましょう。そのあたりを今、お京が探っております」

「うん、お京さんなら抜かりないな」

「他にもうひとり、遊び人の五郎蔵という者が四、五人の武士に斬られたらしく、それを見たと言った男、同じ遊び人仲間の金太という者ですが、これは今、弥太郎に見張らせております」

「瓦版一枚から、いろいろと出てきましたね」

「あと、もうひとり、瓦版屋の紅屋の話で、殺されたのは下谷あたりの旗本じゃないかというんですが、それもまたあやふやではあります」

「勘兵衛さん、下谷はけっこう広いです。武家屋敷も多くありますが、御家人やお大名の陪臣《ばいしん》の方もたくさん住んでおられるし、番町《ばんちょう》ほどでないにしても、お旗本もそこそこおられます。ですが、ひと月ほどの間にご当主が亡くなったところはそうありますまい。どうです。ここはひとつ、ご家老を通じてお殿様にお尋ねしましょうか」

「えっ、できますか。実はそのあたりをどうしたものか、井筒屋さんにご相談したかったのです」

「ご老中なら旗本の動静、たやすくお調べいただけるかと。下谷に限らずお願いしてみましょう」

「あ、そいつは願ったりかなったりです」

　作左衛門は勘兵衛を見て笑う。

「なにか、おかしいですかな」

「はい、この前も驚いたが、あなた、ますます物言いが町人そのもの。初めてお会いしたときのこと、あのやたら格式張った偉そうな口調を思い出しまして」

「ははは、お恥ずかしい。でもね、湯屋で下駄屋の杢兵衛さんに言われましたよ。裸だとまるで武芸者のようだと」

「うん、そうですな。笑っておられても、あなた、目だけは今でも恐ろしく鋭いままだ」

二

夜更けの下谷広小路《ひろこうじ》界隈を浪人姿の橘左内が歩いている。広小路は武家地、寺社地、町人地に囲まれた盛り場で、昼間は賑やかだが、夜は寂しい。しかも、このところ辻斬りの噂で人通りは皆無である。今、こんな場所を歩くのはよほどの物好きか、あるいは辻斬りの当事者か。

左内はほのかな半月の月光たゆたう通りを歩きながら考える。それにしても、不惑《ふわく》を前にして、ひょんなことからひょんな仲間に入ってしまった。

国元では百石取りの馬廻役を務めており、小栗城下の屋敷で、病身だった妻が亡くなったあとは後添えをもらわず、子もなかったので、老母と暮らしていた。

藩主若狭介は質実剛健で、武芸を奨励しており、城下にはいくつかの流派の剣術道場があった。剣の腕をみがく。それがなにより左内の生きがいであった。

三年前、若狭介の帰国にあわせて御前試合が行われ、各道場からよりすぐりの腕自慢が集まった。左内は道場では師範から太鼓判を押される一番手であり、他流の道場の門人たちを次々と打ち負かし勝ち進んだ。最後の相手は流派は違うが、家中で使い手として知られた同年配の納戸役《なんどやく》だった。

しのぎを削る接戦で、紙一重で左内が勝った。流派対流派、道場対道場の戦いでもあり、相手方が判定に不服を言い立てた。

その場は収まったが、結局、後日に真剣での勝負を挑まれ、左内はこれを受けた。断ればよかったと今でも思っている。木剣であろうと真剣であろうと、自分は負けるはずはないと驕《おご》っていた。勝てばさらに自分を高められ、周囲からも称賛されると。

左内は居合の名手と自負している。場所は城下のはずれ、それぞれ二名の後見人が立ち会った。

いざっ。抜いた瞬間に勝負が決まっていた。真剣勝負に引き分けはない。どちらかが必ず命を落とすのだ。多量の血を流し相手は血だまりに倒れていた。

武士である以上、だれもが死を覚悟している。が、泰平の世にあっては、果たしてそうであろうか。剣術の修行は本来、人を殺す修行である。刀を抜けば必ず人が死ぬ。自分が死ぬか、相手が死ぬか。相討ちの場合はどちらも死ぬ。その覚悟がなければ、決して抜いてはならぬのだ。

相手には生まれたばかりの赤子がいたと後に知った。妻や子を大切にし、両親にも孝行な好人物であったという。御前試合は紙一重であった。判定は正しかったと左内は信じている。相手が真剣勝負を挑んだのは流派や道場の面目のためであったかもしれない。勝敗は時の運である。そして、左内は彼の命を奪った。

生き残っても、だれにも称賛されなかった。咎めこそ受けなかったが、国元には居づらくなり、江戸勤番を志願した。

昨年、国元から老母の死を知らされ、一時帰国し、弔いを済ませ屋敷を整理し、江戸に戻ると、家老の田島半太夫に呼び出された。藩随一のその腕、名を捨て武士を捨て、忠義のために役立ててくれと。

妻も死に、母も死に、子はなく、同輩を殺した男として周囲の目は常に冷たかった。一も二もなく引き受けた。国元にも江戸屋敷にも居場所がなかったのだ。

江戸藩邸を去り、井筒屋作左衛門の世話で浅草《あさくさ》の香具師《やし》の親方の元に行き、ガマの油売りを覚えた。ガマの油売りは往来で真剣を使い半紙を細かく切り刻む芸であり、左内には向いていた。人を斬るのは覚悟がいるが、紙ならば容易に切れた。

武士を捨ててくれと言われていたのに、結局町人にはなりきれず、浪人のままだった。本名を捨て橘左内と名乗る。元の自分はあの城下での真剣勝負のときに、すでに死んでいた。

　田所町の裏長屋で他の住人たちと顔を合わせたときは、心底驚いた。元家中の藩士たちが、ものの見事に職人や小商人として町人になりきっている。

　大工の半次は態度も言葉遣いもへらへらとして、どう見ても職人だが、身のこなしに武芸に練達した者の動きが感じられる。小間物屋の徳次郎はひょろりとした優男《やさおとこ》だが、元は小姓という。隠密に選ばれるだけあって、やはり腕は立つようだ。

　箸職人の熊吉は引っ込み思案で謙虚だが、一見して恐ろしい相手である。飴屋の弥太郎と女髪結のお京は忍びの術にたけている。

　鋳掛屋の二平は飛び道具に通じ、産婆のお梅は医術と薬草に通じている。易者の恩妙堂玄信は武芸は苦手《にがて》と口では言っているが、やはり動きに隙がない。

　なかでも大家の勘兵衛、相当に年季の入った剣術使いと見た。

　市井《しせい》の片隅の裏長屋で息をひそめる面々。そして闇の奥に蠢《うごめ》く悪。

　今、左内が歩いているのはそんな闇に通じる道なのだ。

「もし、旦那」

　背後から声がかかった。ずっと後をつけられているのは気配で察していた。

　左内は静かに振り向く。

尻端折《しりはしょ》りをした町人が上弦《じょうげん》の月明かりに浮かんだ。

「わしに用か」

「いえ、用ってほどのこともないんですがね。このあたりは近頃、夜は物騒でございますよ」

「さようか」

「はい。辻斬りの噂をご存じありませんか」

声の感じでは、若くもなく、老けてもおらず、四十がらみといったところか。

「うむ」

「先刻から旦那、この寂しい道を行ったり来たりなすってらっしゃいますが」

「貴様もずっとわしのあとをつけておったな」

「なんだ、お気づきでしたか。で、行ったり来たりは、何かお探しものでございますか」

「うん、探しておる」

「何をでございます」

左内は男にぐっと近寄る。

「わっ」

男は驚いて後ろへ跳び下がる。その動きは素早い。

「わしが探しているのは、貴様の言う辻斬りじゃ」

「驚いたね、どうも」

そう言いながらも、男はさほど驚いた様子でもない。

「へへ、あたしは旦那が辻斬りかと思いましたが」

左内は冷たい笑みを浮かべる。

「ほう、辻斬りかもしれぬのに声をかけるとは、よい度胸じゃの」

「いえいえ、とんでもない」

「が、わしは怪しい者ではない。見ての通りの浪人じゃ」

「ええ、それはわかります」

「貴様のほうこそ怪しいぞ。夜道で人のあとをつけるとは。辻斬りはなにも武士とは限るまい。懐《ふところ》の匕首《あいくち》で後ろからぐさりと」

男は首を振る。

「よしてくださいよ。だけど、旦那、酔狂なお方ですね。夜中に辻斬りを探して歩くなんぞ。辻斬りを見つけたらどうなさるおつもりですか」

「この界隈、辻斬りの噂に怯えて夜は歩けぬと、人々は迷惑しておるようじゃ。わしはこの通りの痩せ浪人だが、腕には少々覚えがある。近頃、手元不如意でな。運よく辻斬りに出遭ったら、手取りにして番所にでも突き出せば、いくらかでもご褒賞がいただけるかと」

「へえ、そうなんですかい。腕試しの運試し、腕に覚えがおありで」

「うむ。辻斬りが後ろからくれば」

左内は懐紙を取り出し、夜空に向けてさっと投げ、ひらひらと舞うのをさっと抜き打ち、剣を宙で走らせたかと思うとぴたりと鞘に収める。

懐紙は空中で細かな紙吹雪となって地面に落ちる。

「うわあ」

男は仰天する。

「今の、なんです。え、旦那が切ったの。すごいねえ」

左内は男に向かって身構える。

「貴様はなにものじゃ。まさか、辻斬りの片割れではあるまいな」

「わっ、勘弁してくださいよ」

男は慌てる。斬られてはたまらない。

「あたしはね、ここらあたりを縄張りにしております天神下《てんじんした》の文七《ぶんしち》と申します。八《はっ》丁堀《ちょうぼり》の旦那から手札をお預かりいたします手先でございますよ」

「八丁堀、町方の手先か」

「へい」

文七は懐から十手《じって》を取り出して、見せる。

「御用聞きでござんす。あたしの持ち場で人殺しが続いて、下手人《げしゅにん》は捕まっちゃいません。いつまた何が起きるか気が気じゃなく、物騒なのは承知でこうやってときどき見回りをしております。そしたら、旦那がうろうろしていなさるので、ちょいとお声をかけさせていただいたようなわけで」

「そうか」

左内はうなずく。

「御用聞きか。ならば、ちょうどよい。辻斬りの噂、いろいろと知っておろう」

「はあ、そりゃまあ」

「無暗《むやみ》に夜歩きしていても埒《らち》が明かぬ。どうじゃ、貴様の見聞したること、わしに話してくれぬか」

文七は首を傾げる。

「あたしが旦那にですかい」

「さよう」

「すると、どうなります」

「そうじゃな。貴様の進言で、わしが辻斬りを手取りにいたせば、うん。そのまま貴様に引き渡そう」

「あたしに」

「貴様の手柄にいたせ。その代わり、褒賞金は山分けじゃ」

「え、旦那が辻斬りを捕まえたら、あたしの手柄になって、ご褒美の金子《きんす》が出たら、それは山分けに」

「さよう。貴様の進言で取り押さえられればの。いかがじゃ」

「そいつは、悪い話じゃありませんね」

文七は大きくうなずく。

「お見受けしたところ、旦那の腕前、相当におできになるようだ。よござんす。一口乗せていただきやしょう。で、旦那、ご姓名は」

「わしの名か。橘左内と申す」

亀屋の二階では、大家の勘兵衛が店子《たなこ》一同を集めて打ち合わせである。

「みんな、ご苦労だね。あれから少し日が経ったので、その後の成り行き、みんなの調べたこと、わかったことを出し合って、今後の方策、すり合わせていこうと思うんだが」

「大家さん、すいません」

鋳掛屋の二平が申し訳なさそうに頭を下げる。

「あたし、外回りをしながら、あれからずっと、なんの聞き込みもできず」

「いやいや、二平さん、なにを言うんだい」

勘兵衛は穏やかな目を二平に向ける。

「おまえさんには、他に役立つことがいくらもある。わたしがこうしてみんなに集まってもらうのは、それぞれ得手不得手もあるだろうが、この仕事はみんなが力を合わせなければ成し遂げられないと思うからだよ。膝突き合わせて、気づいたこと、思いついたことを言い合うことも大切だ」

「そうだよ、二平さん」

横から大工の半次が言う。

「俺だって出職だけど、ずっと手ぶらだぜ」

「半さん、おまえさんが胸を張ることはないや」

「へへ、大家さん、すいません」

額《ひたい》をぽんと打つ半次であった。

「卒爾《そつじ》ながら」

左内の一声に場が静まる。

「まずは拙者からお話しいたします」

「あ、左内さん、どうぞ」

勘兵衛が促す。

「拙者、ここ幾夜か、下谷の夜回りをいたしております」

「ああ、そうでしたね。ほんと、ご苦労様です。左内さんに任せっきりで」

「それはいっこうにかまいませぬが」

「辻斬りはまだ捕まっておりません。いつまた出るかわからない。もちろん、交代で半次さんたちにも回ってもらいたいんですが」

勘兵衛にじろっと見られて首筋を撫でる半次。

「まあ、熊さんが夜回りでは、これは捕まえる前に相手が怖がって近寄ってこないだろうし」

身を縮める熊吉。

「そこはやはり、剣の名手である左内さんに夜回りしていただくのが一番だとわたしは思います」

「いや、拙者、どうせ夜は閑《ひま》でござる。毎晩でもいっこうにかまいませんが」

「そうですか。ありがとうございます」

勘兵衛が左内に頭を下げたので、みなも倣《なら》う。

「うむ。実は昨夜、下谷の広小路を歩いておりますと、何者かが拙者をつけまわしている気配。足の運びからして、多少の手練れの者か。人通りの絶えた夜更けに拙者をつけるは、もしやこれが辻斬りであろうか。気づかぬふりをしておりましたら、先方から声をかけてまいりました」

「ほう」

「なんのことはない。地元を縄張りにいたしおる御用聞きで、天神下の文七と名乗りました。近頃物騒なので役目柄、夜回りをしているとのこと。拙者の徘徊を不審がるゆえ、実は手元不如意の浪人である、腕に覚えあり、噂の辻斬りを取り押さえんとまかりこした、と申しました。捕縛し、お上に突き出せば、いくらかになるだろうと」

「なるほど」

「この御用聞き、それで合点いたしましたので、こちらから誘いかけました。知っておることあらば、教えよ、拙者が手取りにいたさん、褒美は山分けでいかがじゃと」

「ほう」

「文七は手を打って喜び、さっそく、御用聞きなればこそ存じおること、拙者に教えてくれ申した」

「御用聞きが知っていること、それはどのような」

一同、身を乗り出す。

「さよう。まずは、ひと月の間に下谷の路上で三件の殺しがあったこと。最初の一件、これは身元不明のままで、奉行所は内聞にしているとのこと。二件目は商家の主人が倒れており、番屋に運ばれ、店の者に引き取らせた」

「それは近江屋の佐兵衛さんでしょうね」

「おそらくそうであろう。が、いずれも内々に処理されており、手先ごとき文七には詳しく知らされておらぬよし。が、三件目は無頼《ぶらい》の輩《やから》が斬殺され、溺死しており、このような下賤《げせん》のもの、大方喧嘩でもしたのであろうと詮議無用で長屋に下げ渡して落着」

「あっ」

弥太郎が声を出す。

「その無頼の輩ってのは、あたしがこの前お話ししました御数寄屋町の五郎蔵ではありませんか」

左内はうなずく。

「さよう、文七もそう申しておりました。頬に凄まじい傷のある切られの五郎蔵と申す遊び人であったと。さらに申しますには、三件が同じ下手人とは限らぬ。金目当ての追いはぎ、新刀の試し斬り、遺恨による待ち伏せ、行きずりの喧嘩、あるいは辻斬りの評判を耳にして血に飢えた者どもが真似をするか。ゆえに気を抜けず、夜回りをいたしておると」

「おお、それは左内さん、いい男に出会われましたな。うまく手なずければ、さらに何かわかるかもしれません」

横から、うなずきながらも弥太郎が言う。

「左内さん、御用聞きはたしかに役に立ちますよ。ですが、相手は探索の玄人《くろうと》だ。あまり深入りして、この長屋の正体が知れると藪蛇《やぶへび》です」

「うむ、おっしゃる通りじゃ」

左内は納得する。

「今は金に困った痩せ浪人と思わせておきます」

「それがよろしゅうございます。御用聞きとか岡っ引きとか、連中は町方の手先として働いておりますが、中には博徒あがりの質《たち》の悪いのもいて、世間から鼻つまみです。うまく使えばいいが、頭から信用なさらぬように」

「心得ました。弥太郎殿、ご助言かたじけない」

弥太郎は首筋を撫でる。

「へへ、左内さんにそんな風に言われちゃ、こっちが恐縮いたします。じゃ、ついでといってはなんですが、あたしの調べたことを申しましょう」

「弥太さん、頼むよ」

「はい。今、左内さんのお話に出た土左衛門の五郎蔵、たまたま後ろを歩いていて五郎蔵の殺される現場に出くわしたという金太。この金太という男、五郎蔵とさほど変わらぬ素性の遊び人です。なので、言ってることはまるまる鵜呑みにはできません。五郎蔵のことを少し詳しく調べますと、これが先月からやけに羽振りがよくなったそうで、いい金蔓《かねづる》でも摑んだのだろうと周囲に思われていたらしい。強請《ゆす》りたかりが本業のような男ですから、大物でも釣り上げたのではないか。そこで欲を出しすぎて相手に消されたのではないか」

勘兵衛がうなずく。

「考えられる話だね」

「はい、これはわたしの勘なんですが、金太は五郎蔵が殺されたとき、たまたま後ろを歩いていたのではなかった。つまり、急に金回りのよくなった五郎蔵のあとをつけて、強請りのネタを突き止め、おこぼれにあずかろうとしていたのではないか。五郎蔵は御数寄屋町、金太は山崎町《やまざきちょう》に住んでいることが判明しております。御数寄屋町と山崎町では同じ下谷でも方角違い、たまたま前を歩いていたというのも、考えてみれば解せません」

「なるほど」

「金太が殺しの現場を見たとして、腰を抜かしたというのは嘘で、下手人を突き止め、今度は自分が相手を強請る気なのかもしれない。とすれば、金太から目を離さなければ、五郎蔵殺しの下手人にたどりつけるのでは。いかがでしょう」

「そうだな。おまえさんが賭場で金太という遊び人と隣り合わせになったのも何かの縁かもしれない。そのまま続けておくれ」

「承知いたしました」

「では、今度はあたしから申します」

お京が言う。

「あたしが以前聞き込んだ池之端の茶屋の帰りに大店の主人が辻斬りに遭ったという噂ですが、先月十五日に日本橋本町の近江屋の旦那佐兵衛さんが池之端の帰りに亡くなられた話と合わせると、辻斬りの噂は近江屋佐兵衛さんにつながります。近江屋さんでは病死でお届けを出されておられますが、徳さんの話では奉公人はそれを疑っていると」

徳次郎はうなずく。

「ええ、そうなんです。旦那は血だらけで死んでいたんじゃないかと」

「あたしが芸者置屋で聞いたのは、殺されたのが日本橋の大店の旦那というだけ。そこで先月の十五日に池之端の茶屋で日本橋の旦那衆が集まるようなことでもあったのかと、調べましたら、玉膳《たまぜん》という店で毎月十五日に句会が開かれておりまして、その名もつくよみ会、顔触れはみな日本橋の大店の旦那衆というんです」

「ほう、つくよみ会ですと」

玄信がうれしそうに声をあげる。

「つくよみというのは月の神、日の神天照大神《あまてらすおおみかみ》の弟です。それに引っ掛け、毎月十五日の満月に五七五の発句を詠むのでつくよみですな。これはまた風流な」

玄信にうなずくお京。

「そうなんですよ、先生。先月は中秋でしたから、ことさら盛り上がったとのことです」

「おお、それはなにより。名月や池をめぐりて夜もすがら」

「風流かもしれませんが」

勘兵衛がお京に聞く。

「つまり、近江屋さんがその句会に入っていたかもしれず、その帰りに殺されたというわけだね」

お京はうなずく。

「で、どうなんだい。近江屋さんが句会の仲間だったかどうかは」

「いいえ、それがそこまでは。つくよみ会の人たち、みな日本橋の大店の主人らしいのですが、座敷では俳号を名乗っておられて」

「どうだい、徳次郎さん」

勘兵衛が徳次郎を見る。

「佐兵衛さんが俳諧をやってたかどうか、いま一度、近江屋に探りを入れてもらえないかい」

「承知しました。ふふ、近江屋さんの台所じゃ、あたしの小間物はたいそうな人気でして」

にやりと笑う徳次郎である。

勘兵衛が言う。

「お京さん、そのつくよみ会とやらは毎月十五日なんだね」

「はい、玉膳でそう言っておりましたよ。満月に合わせて」

「じゃ、もし、徳次郎さんの調べで佐兵衛さんが発句をやっていたことがわかれば、おまえさん、その句会に潜り込めるかい」

「やってみましょう。いつも髪結なので、たまに芸者になってみます」

「よう、よう」

半次がうれしそうに囃《はや》す。

「お京さんの芸者姿、艶《あで》やかだろうなあ」

「どうぞ、ご贔屓《ひいき》に」

お京がしなを作ると、半次はそれだけで唾《つば》を飲み込む。

「じゃあ、徳さん、おまえさんも近江屋の件、頼みましたよ」

「わかりました。実はね。あのあと、また近江屋に行って、ちょっとしたネタを仕入れてまいりましたが」

「へえ、また行ったのかい」

「あそこの台所は大切なお得意様、あたしは木戸御免《きどごめん》ですから」

「番頭に妬《ねた》まれて殴られるんじゃないよ」

妬み半分で茶々を入れる半次。

「で、その新しく仕入れたネタというのはなんだい」

「実は、近江屋のおかみさんが身重《みおも》だというんで」

「へええ」

一同、声をあげる。

「おかみさんというのはお多恵さんだね。身重というと、おめでたかい」

「はい、そのおめでたです」

徳次郎は自分の腹を撫でる仕草。

「まだ目立ちはしないんですが、店の者はみんな知っております」

「ほう」

「お多恵さんというのは元はお旗本のお嬢さんで、大奥勤めもなさってたというご身分のお方ですが、十年前に近江屋の嫁になって、ずっと子ができなかった。夫婦仲はとってもよかったそうです。二年前に先代の旦那が亡くなってから、姑《しゅうとめ》のお松《まつ》さん、これがなかなか気の強い婆さんで、何代も続いた老舗の近江屋に跡取りがないと潰れてしまうというんで、けっこう嫁に辛く当たってたらしい。お多恵さんも負けちゃいない。今までは遠慮して口に出さなかったが、いじめられて黙っているようなお人じゃない。近江屋が御用達をしていられるのは、自分が元大奥の御年寄、滝路様に可愛がられていたからだ。滝路様のご権勢あっての近江屋だ。いくら金持ちったって、町人に侮《あなど》られてたまるかってんで、鼻息は荒かった」

産婆のお梅がぼそっと言う。

「きつい嫁だこと。どこの家にもあるんですねえ。嫁と姑の諍《いさか》いって」

「そうなんですよ。ですが、このほどご懐妊となり、佐兵衛さんは大喜び。めでたし、めでたし、となるはずが、どういうわけか、急に夫婦仲が悪くなった。ほとんど口もきかず、たまになにか言うと恐ろしい権幕での言い争い。こんなことはここ十年の間一度もなかった。佐兵衛さんが亡くなった一件と直《じか》にかかわり合ってるとは思いませんが、ちょいと気になりましたんで」

「女人は懐妊すると気が立つと申しますからな」

そう言うのは玄信である。

「ささいなことで立腹いたします。さらに、直参旗本の家の生まれなら町人への侮《あなど》り、それもありましょう。また、金のある商家は金のない武家を蔑《さげす》むことも多い。商人にとっては金こそが人間の値打ち。お旗本が身分の下の商家に娘を嫁がせたのは、豪商の財力が目当てだったともいえます。釣り合わぬは不縁のもと。仲良く夫婦円満のうちはいいのですが、十年もすれば、夫婦仲が冷めることもあるでしょう」

玄信がもっともらしく解説する。

「先生のおっしゃることもよくわかりますが」

お梅が言う。

「嫁いで十年、子がなかったいうことですよね。お多恵さんはおいくつですか」

徳次郎が答える。

「番茶も出花の十八で嫁いで十年ですから、御年二十八です」

「お梅さん、それがなにか」

勘兵衛が聞く。

「ええ、二十八で初産というのは、遅いほうですが、お体さえ健《すこ》やかなら、とくに心配はありません。ただね、十年の間まったく兆しがなくて、ようやく。ご亭主は待ちに待った子宝、大喜びでしょう」

「そうでしょうね」

「それがにわかに夫婦喧嘩」

「はい」

「何かあるんじゃないでしょうか」

「何かとは」

「だから、何かです」

一同は首をひねる。

「お梅さん、それって」

お京が思いついたようにお梅を見る。

「はい、お京さん、女のあなたなら、わかりますでしょう」

「めでたくもあり、めでたくもなし。佐兵衛さんは疑ってたんですね。おかみさんの不義を」

三

「どうじゃな、半太夫。大家勘兵衛の長屋の差配は」

江戸城本丸の老中御用部屋より小石川の藩邸に戻った松平若狭介は心なしかうれし

そうである。

「なかなかうまく店子を動かしているようだと井筒屋作左衛門が申しております」

目の前に控える家老の田島半太夫が答える。

「それに、あれだけ無骨で格式張った男が、わずかひと月ほどで、今では、まるで生まれつきの町人のごとしとか」

「ほう、あの権田又十郎が生まれつきの町人のごとしとな。ますます面白い」

松平若狭介は書面を半太夫に差し出す。

「ここひと月のあいだに身罷《みまか》った旗本、届出があったのはこの方々じゃ」

うやうやしく受け取る半太夫。

「拝見いたします」

そこには四名の名が書かれていた。

「ほう、八月中で四名でございますか」

「旗本の数、五千家以上はある。月にそれぐらいは珍しくないそうじゃ。それにご当主ばかりでなく、世継ぎや隠居も含まれる」

四名とも病死であった。泰平の世では天下の旗本の死因はほぼ病死である。旗本が剣を交えて戦うこともない。たまに不始末が発覚して公儀より切腹を仰せつかり、お家断絶になることもあろうが、それは稀で、たいてい病死として届けられる。

八月二日、高橋五兵衛《たかはしごへえ》、享年八十五、隠居、四谷《よつや》。
八月七日、中村帯刀《なかむらたてわき》、享年四十二、目付《めつけ》、番町。
八月十八日、久保清一郎《くぼせいいちろう》、享年五十六、大番頭《おおばんがしら》、下谷。
八月二十四日、鬼塚猪之助《おにづかいのすけ》、享年二十一、部屋住み、本郷《ほんごう》。

茶坊主田辺春斎に巷《ちまた》でお裁きの種になるような珍聞《ちんぶん》があれば耳打ちせよと申しつけていたら、このような噂がございますと、一枚の瓦版を差し出した。下谷での辻斬りを面白おかしく書きたてたものだった。

そこで、その真偽を確かめるように井筒屋作左衛門を通じて田所町の隠密長屋に命じたのだ。

辻斬りが何件かあり、そのうちの一件が旗本殺害の噂。が、そのような案件はどこからも報告されていない。噂通りとすれば、殺されたことを憚《はばか》って、病死の届けを出していると考えられる。ここひと月の間に死亡した旗本の名がわかれば、そこからなにか引き出せるかもしれない。逆に勘兵衛のほうから問い合わせてきたのだった。

「長屋の者ども、一枚の戯れ絵を手掛かりに動いておるようじゃな。何が飛び出すか楽しみじゃ。ふふ、自らの斬られた首を胸に抱えた図、この四名のうちのだれかであろうか」

「さて、いかがでしょうか」

絵草子屋の亀屋は今日も閑である。

「ごめんください」

「はい」

はたきをかけていた番頭の久助が振り向くと、入口に小間物屋の徳次郎が立っている。

「あ、徳次郎さん、いらっしゃい」

「こんにちは」

ちらっと帳場を見ると、だれも座っていない。

「大家さんは、旦那はお出かけですか」

「いいえ」

久助は上を指さす。

「どうせ閑だからと、二階でお昼寝です」

「へええ、なんだ。それにしても、久助さん、おまえさん、よく働くねえ」

亀屋には久助の他には奉公人はいない。番頭の久助が店のことはもとより、掃除、洗濯、飯の支度、使い走り、勘兵衛の身の回りの世話、なんでもひとりでこなしている。通旅籠町の井筒屋から作左衛門直々《じきじき》に派遣され、隠密長屋の秘密も承知している。

こいつはちょっと只者ではないな。徳次郎は密かにそう思っている。

「ほんとに感心するよ。それにひきかえ、大家さん、人を働かせて自分は昼寝かい。ひどいね」

二階から声がする。

「徳さんかい。聞こえてるよ」

「あ、いけねえ」

徳次郎は首をすくめる。

「あがっといで」

「はあい。じゃ、久助さん、あがらせてもらいますよ」

「どうぞ、どうぞ」

とんとんと階段をあがると、勘兵衛は手枕でごろりと横になっている。

「大家さん、こんにちは」

「ああ、こんにちは」

「お疲れですか」

「いやいや、疲れるようなことは、これといって何もしていない。ぼんやり考え事をしてたら、眠くなってね。ああああ」

大きなあくびをひとつすると、勘兵衛はすっと体を起こして座り直す。

「徳さん、わたしはね、なんだか、とっても不思議なんだよ」

いきなり言われて徳次郎は眉をひそめる。

「何がです。今度の辻斬りの一件ですか」

「いやいや、そうじゃなくてさ、今のこの暮らしのことだ」

「へ」

「隠居する前は、毎日お屋敷で帳簿を見ながら算盤をぱちぱちやって、さよう、しからば、そうでござる、なんてね。あれを三十年、ずっとやってたんだよ。隠居したら、なんにもやることが思い浮かばなくて、ぼうっとしてたら、お殿様に呼ばれて、それで、今は長屋の大家だよ。江戸の中にこんな町があって、町人がこんな風に暮らしてたなんて、お屋敷にいた頃は思ってもみなかった。そのわたしが今、その町人になってるんだから」

　徳次郎は笑う。

「ははは、なあんだ。大家さん、面白いことおっしゃいますねえ。初めてここで、みなさんと顔合わせしたとき、それがしが大家の勘兵衛でござる、なんてね。わあ、すごい人が来ちゃったな。ちょっといやだなと、正直思いました。ところが、大家さんがここまでくだけるとは思いもよらず」

「郷《ごう》に入っては郷に従えというし。ほら、おまえさんだって、元はお小姓というじゃないか。お屋敷だったら、わたしよりずっと上座《かみざ》だよ。よく、町人になりきってる」

　徳次郎はうなずく。

「そうですね。あたしは、どっちかというと、今のほうが気に入ってます。お小姓も嫌いじゃなかったけど」

　勘兵衛はぐっと伸びをする。

「ところで、徳さん、なにか面白いネタを仕入れてきたね」

「わかりますか」

「そりゃわかるよ。まだ八つを過ぎたばかりだ。こんな明るいうちからいそいそとやってきたんだから、早く知らせたいことがあるんだろ。無駄話はそろそろ切り上げて、聞かせておくれ」

「大家さんにはかないません。じゃあ、まず、ひとつは亡くなった近江屋の佐兵衛さんのこと」

「うん」

「あの旦那、やっぱり俳諧をやってました」

「おお、そうかい。こりゃ、思った通りだね」

「二年前に先代の旦那が亡くなったあと、例の池之端のつくよみ会に加わってます。あの句会は日本橋の大店の主人しか入れないとかで」

「とすると、句会は毎月満月の夜だったね」

「はい」

「あ、今夜は十三夜だ」

「そうです。近江屋の台所でもお供《そな》えの団子を用意してました」

中秋の十五夜で月見をすれば、翌月晩秋十三夜も月見をするのが習わしだった。

「じゃあ、明後日《みょうごにち》の池之端には、ぜひともお京さんに芸者で出てもらわなくては。

近江屋佐兵衛が亡くなる直前に顔を合わせた連中がまた集まるわけだからね」

「はい、そっちはお京さんに任せましょう。それと、ちょっと気になることを女中たちが言っておりました」

「なんだい」

「佐兵衛さんの弔いのあと、気味の悪い遊び人みたいなのが、ときどき来て、番頭の栄蔵となにやら話している。番頭はいやがってるんだが、やけに馴れ馴れしい男で、番頭がそっと紙に包んだ銭を渡していたと。番頭が何か悪いことをして弱みを握られているんじゃないかと」

「栄蔵というのは、たしか先代から仕えているしっかり者の番頭だったね。もういい歳だろうに」

「たしかにしっかり者です。おかげで旦那が亡くなっても店がちゃんと続けられると。ただしっかり者だけに、なにか店の金に手をつけて、それを知ったならず者に強請られているということもあるかもしれません」

「その遊び人ていうのはだれだろうね」

「それがね、頰に気味の悪い傷のある男だと」

「え、それじゃ、弥太さんが言ってた御数寄屋町の切られの五郎蔵」

「違いありませんね」

にやりとする徳次郎。

「五郎蔵が番頭を強請るとすれば、これは主人佐兵衛の一件だろう」

「はい、佐兵衛さんが辻斬りに殺されたとき、現場は大騒ぎで、番屋に運び入れたといいます。近江屋の番頭は金で番屋を黙らせるが、それを五郎蔵がじっくりと見ていた。後日、弔いのあと、近江屋に掛け合った」

「それで次の辻斬りにやられたのが五郎蔵か」

　徳次郎はうなずく。

「あり得ない話じゃありません」

「まだ何か出るかもしれないね」

「そうなんですよ。へへ、近江屋のおかみさんのご懐妊についても、女中たちがいろいろとしゃべっておりましてね」

「ほう」

「旗本の娘で大奥の奥女中までした格上の嫁、最初は下へも置かなかった。夫婦仲もよかった。あたしもちらっと台所の隅からお顔を拝ませてもらいましたが、これがすこぶる別嬪でして。それまで遊びほうけていた若旦那もお多恵さんを嫁にもらったら途端にぴたりと遊びをやめて商売に身を入れ、先代も安心し、お店も安泰。ところが子が生まれない。俗に嫁して三年、子なきは去るなんて言いますが、十年ですからね」

「そこで何か起こったんだな」

「台所のお女中たちはけっこうおしゃべりなんですよ。いろいろとたまっているのかなあ。で、先代の旦那は温厚な苦労人で、店の中は万事、まるく収まっていたそうです。二年前に先代が亡くなる。となると、それまでの若旦那が主人になり、若旦那の女房だったお多恵さんが、近江屋のおかみさんになる。先代のおかみさんのお松さんは隠居です。もともと折り合いがよくなかったので、ここにきて隠居である姑と新しいおかみさんとの間で火花が散ると」

「ふうん」

「で、店を継いだ佐兵衛さんは、口うるさいおふくろよりも惚れた女房を大事にします。で、お松さんはますます面白くない。そこで」

「嫁して三年、子なきは去れと嫁を責める」

「そうなんです。お松さんは嫁だけでなく、せがれも責める。跡取りがなければ何代も続いた老舗の大店が潰れる。お多恵に子ができなければ、妾《めかけ》を持つなり、奉公人から気に入った女中を選んで手をつけろ。ということまで言ったそうで」

「凄まじい婆さんだな」

「だけど、佐兵衛さん、若い頃にさんざん茶屋遊びをし、吉原でも浮名を流していたくせに、今のおかみさんにぞっこんで、妾なんぞ、持ちたくないと」

「ふうん。意外と堅いんだね」

「堅いの堅くないのって、劫《こう》を経た亀ですよ。そこで、お多恵さんはきりりっと決意しました。ここは優しい亭主のため、大店近江屋のため、なんとしても子を孕《はら》んでみせる。見事に子を産んで鬼婆を見返してやる。まだ二十八、十分に間に合います。それで、どうしたと思います」

勘兵衛は首を傾げる。

「さあ、どうしたんだ」

「神信心《かみしんじん》を始めました」

「へえ、でも、そんなことで子ができるのか」

「でも、できたでしょ」

「あ、そうだな」

うなずく勘兵衛。

「お松さんにやいのやいの言われるので、近隣の子宝に御利益のありそうな寺社には片っ端からお参りしたそうで」

「で、ご利益があったわけだ」

「中でも一番のご利益、神社でもお寺でもない、本所亀沢町《ほんじょかめざわちょう》の祈禱所《きとうじょ》。ここに日参したら、めでたくご懐妊となりました」

「そんな効き目のある祈禱所があるのか」

「ほんとうによく効くらしいです。ここで祈禱を受けると、どんな女子でも子を孕むというんで、回向院《えこういん》のあたりからずっと行列ができるとか」

「回向院は大げさだとして、人気があるんだな」

「祈禱所までおかみさんのお供でついていった女中の話ですと、祈禱師の隆善《りゅうぜん》というのが、役者にしたいようないい男。それで行列ができるんだろうと」

「役者にしたいようないい男。おまえさんとどっこいいい勝負だな」

「よしてくださいよ。それで、隆善が祈禱すると女たちはみんな子を孕む」

「なるほど、わかったぞ。そのご祈禱には淫らがましいところがあるんだな」

「近江屋のおかみさんは夢中で本所通い。それでお腹が大きくなり、それが夫婦喧嘩のもとかと」


弥太郎が下谷の寺の賭場で隣り合わせた遊び人の金太は根っからの遊び人だった。

ねぐらは下谷山崎町の棟割《むねわり》長屋、昼を過ぎた頃にぼつぼつ起き出して、ただぶらぶらと歩き回る。

　弥太郎は気づかれないよう、つかず離れずで様子を見ながら一緒に歩く。行先は下谷の広小路か逆に浅草の盛り場か、特にあてもなく、昼間から安酒を飲んだり、夜は賭場に行って小博打を打ったり。これといって仕事はしておらず、周囲に気安く話しかけるような知り合いもいない。

　しばらく張り付いてはいたが、大した収穫はない。今日も長屋を出た金太、車坂《くるまざか》町《ちょう》から寺町《てらまち》通りをずっと広小路の方に向かって歩き出す。賭場はまだ開いていないので、先に安酒のほうかと思いながら弥太郎があとをそっとつける。

　金太は広小路をぶらぶらしながらも、居酒屋には入らず、そのまま湯島天神のほうへ。参詣はせず素通りして、春木町《はるきちょう》から加賀《かが》様の南をずっと本郷のほうへ抜ける。おや、今日は珍しく、いつもと違う道順、どこへ行くのだろう。周りはほとんど武家屋敷ばかり。人通りも少なく、弥太郎はかなり離れて歩く。

　とある屋敷の前で立ち止まった金太、通用口に向かって声をかけている。するとすうっと戸が開く。金太はそのまま中へ。

　いったいどういうことだろうか。見たところ、そこそこの旗本屋敷である。遊び人が旗本屋敷の通用口に入っていく。弥太郎ははっと思いつく。小普請の旗本が博徒と手を組んで中間《ちゅうげん》部屋で賭場を開くのは、よくある話だ。すると、この屋敷で明るいうちから博打を打っているのか。

と思う間もなく、戸が開き、金太が出てくる。博打にしては早すぎる。こっちへ向かってくるが、とっさに隠れる場所がない。こうなったら仕方がない。弥太郎は度胸を決めて金太に向かって歩き出す。

近づいてきた金太、弥太郎をちらっと見る。

弥太郎は立ち止まり、声をかける。

「やあ、兄貴」

「え、なんでえ」

金太は足を止める。

「兄貴、先日はどうも」

「おめえ、だれだ」

あ、覚えていないらしい。

「あたしですよ。いやだな。もうお忘れですか。賭場のあと、一杯やったじゃありませんか」

金太はしばし考え込む。

「ああ、あのときの。はは、いやあ、おめえだったか」

「それにしても、珍しいとこで会いますね。兄貴、ここらで何か御用でしたか」

「ちょいと野暮用よ。どうってことねえ。それより、おめえこそ、ここで何してんだ」

「実は、親父の命日で月参りを済ましてきました。この先の寺で」

「ふうん、おめえ、親孝行なんだな」

「生きてるうちは、さんざん迷惑かけましたから。孝行したいときには親はなし。そうだ、兄貴、ここで会ったのも何かの縁、というか親父が引き合わせてくれたのかもしれねえ。どうです、どこぞで一杯」

「おう、酒か」

「兄貴、いける口だからなあ」

「そうだな。ふふ、この前はおめえにごちになったんだったな。よし、今日は俺がおごるよ」

「え、ほんとですか」

「今日はな、ちょいと懐《ふところ》があったけえのよ」

「兄貴、いい目が出ましたね」

弥太郎は賽子《さいころ》を振る真似をする。

「そうさ、いい目が出たよ。待てば、海路のーときたもんだ。へへ、人間長生きはするもんだな」

とはいえ、金太、まだ三十そこそこである。

「といって、ここらは酒を飲ませる店なんぞないからな。おめえさえよけりゃ、湯島まで戻ろう」

「へい、どこでもお供いたしやす」

「この前のお返しだ。おめえ、鰻《うなぎ》でも食うか」

「うわ、そいつは、ありがてえ」


池之端の料理茶屋、玉膳では日本橋の旦那衆による発句の会、つくよみ会が開かれていた。

集まったのは七、八人、両替屋、米問屋、呉服屋、生薬屋《きぐすりや》、造酒屋《つくりざかや》、仏具商などいずれも豪商ばかり、不忍池《しのばずのいけ》に浮かぶ満月を愛《め》でながら、贅《ぜい》を凝らした料理と美酒を前に句をひねる。

宗匠は両替屋の和泉屋長兵衛《いずみやちょうべえ》が務め、決められた題でそれぞれが句を詠み、点を競う。

顔触れは決まっているが、ただし、毎回、仲間のひとりが選んだ客人が参加する。客人として選ばれるのは大店の主人とは限らない。著名な絵師であったり、名題《なだい》の役者であったり、お忍びの大名であったりする。

宗匠が集まった短冊を詠みあげる。

「この道を行くはわれのみ秋の暮れ」

「秋風の吹かぬはわが家ばかりなり」

今日のお題は「秋」である。

艶やかな芸者衆が酌《しゃく》をしながら、一句ごとに喝采する。いつの間にか、芸者の人数がひとり増えているのには、だれも気づいていないようだ。

発句仲間たちはそれぞれ点を入れ、一番高得点の者が今宵の宴の勝者として、茶屋の費用を持つ。これだけの店、一晩で何十両とかかるだろうが、勝った者が全部支払うという金持ちならではの驕《おご》った遊びである。

「身にしみて誰《た》が泣く声か秋の風」

おおっ、一同から声があがる。

「この句が本日の一番。さて、どなたの句でしょうか」

「お恥ずかしい」

総髪を後ろに垂らした壮年の美丈夫《びじょうふ》が頭を下げる。

「これは本日のお客人でしたか。お見事でございます」

宗匠の和泉屋が褒めあげる。

下座にいた商人がひょっこりと立ちあがる。

「みなさん、天山坊《てんざんぼう》隆善様をお招きしたのは、わたくし、梧想《ごそう》こと山城屋《やましろや》でございます。それゆえ今宵の掛かりはすべてわたくしが」

「梧想さん、太っ腹だね」

「いえいえ、わたくしなど、まだまだ新参者にございます。さあ、あとは無礼講とまいりましょう」

四

「というわけで、みんなに集まってもらったのは他でもない。今までいろいろと手分けしてわかったことを、もう一度、順を追ってまとめておきたい。でないと、なかなか先に進まないからね」

亀屋の二階に集結した店子たちは大家勘兵衛の言葉を神妙に聞いている。

「まず最初がこの瓦版だ」

例の辻斬りの瓦版である。

「これをきっかけに、いろいろと調べてもらい、いろいろとわかってきた。瓦版には夜ごと辻斬りが出ると書いてあるが、これは売るために大げさに書いてあるだけ。斬られた首を前に抱えているのも、瓦版屋が面白おかしく書いたものだ。そうですね、玄信先生」

「はい、紅屋の主人はそう申しておりました」

「だが、先月、下谷で人が殺されたのはほんとうだ。今わかっているのは三人。左内さんが御用聞きから聞いたのが下谷での三件の殺しでしたね」

「さようでござる。まず御用聞きの文七が申すには、最初の二件は奉行所で内々に済ませたので詳細はわからぬが、三件目の遊び人殺し、斬殺された遊び人が忍川に浮かんでいたのは事実で、亡骸は近くの番屋に運ばれ、文七は町奉行所の手先として、番屋に顔を出しており申す。その後、無法者の喧嘩として深く詮議せず、長屋に下げ渡したと」

「そうでした。それが御数寄屋町の五郎蔵という遊び人ですね」

「さよう」

「五郎蔵については、弥太郎さんが賭場で知り合った遊び人が殺されたところを見ているという話だったが」

「そうなんです。四、五人の侍にばっさりやられて、川に蹴落とされたと」

「次にはっきりわかっているのが近江屋の旦那、佐兵衛さん。これは先月の十五日に池之端の茶屋の帰りに下谷で殺された。近江屋では急な病で亡くなったとして、弔いを出しているが、奉公人の話では血だらけ泥だらけで運ばれてきたと。そうだね、徳次郎さん」

「はい。十五日の夜、近江屋に主人佐兵衛の変事の知らせが届き、番頭の栄蔵が若い者を連れて引き取りに行った。店に連れ帰った佐兵衛はすでに死んでおり、とても病気には見えなかったと、女中たちが言っております」

「池之端帰りに日本橋の旦那が殺されたという噂、これはお京さんが聞いてきたんだが」

「はい、その後、わかりましたのが池之端の茶屋玉膳で毎月十五日に日本橋の旦那衆が集まる発句の会があり、殺されたのはそれに出ていた旦那のひとりらしいと」

「実は近江屋の佐兵衛さんが俳諧をしており、句会に出ていたのは、徳さんの調べでわかった。ということは、先月十五日に下谷で辻斬りにあったのは近江屋佐兵衛さんとみて、間違いないと思うが」

　一同、うなずく。

「そして、徳さんの調べで、近江屋の弔いのあと、頬に傷のある遊び人が番頭の栄蔵から金をもらっていたらしいというんだ」

「へえ、ほんとですか」

「うん、頬に傷のある遊び人といえば、これは五郎蔵ではないかね。つまり、五郎蔵は近江屋の主人が病死じゃないことを知っていて、金をせびりに行ったんじゃないかな」

「それで殺されたと」

「となると、五郎蔵を殺した辻斬りは近江屋さんを殺した者と同じとも考えられる」

「なるほどねえ」

「さて、これで殺された者の身元がふたりまでわかった。遊び人の五郎蔵と近江屋佐兵衛、近江屋さんが殺されたのが十五日、では、五郎蔵が殺されたのは、いつかわかりましたか、左内さん」

「うむ、文七にもう一度確かめてみた。先月の下弦《かげん》、二十二日頃であったと」

「三人のうち、ふたりまでは身元と殺された日もだいたいわかった。そして、もうひとり、これは玄信先生が瓦版屋の紅屋で詳しく聞いた話によると、どうやら旗本らしいと」

「そうなんです」

「実はね、玄信先生には、もう一度紅屋に行ってもらって、あの瓦版がいつ出されたのか、聞いてもらったんだよ。そうですよね、先生」

「はい、聞いてきました。先月の十三日です。紅屋の主人が辻斬りの噂を耳にして、下谷で聞き込み、旗本が殺されたらしいというので、そこは差しさわりがあり詳しくは書かず、すぐに版をおこして早摺《はやず》りで摺り上げ、売り出したのが八月十三日とのことです」

「つまり近江屋の旦那も遊び人の五郎蔵も、瓦版が出たあとに殺されたことになる。紅屋の主人は下谷で旗本が殺されたらしいという噂だけで瓦版を出した」

「そうか」

「もし、先月に亡くなった旗本がいれば、お上に届け出があるはずだ。そう思って井筒屋さんからお殿様のほうに調べてもらえないかと、お畏れながらとお願いしてみたんだ。すると、この書付を賜った」

勘兵衛は恭《うやうや》しく取り出した書付を捧げる。

「先月、四名の方々が亡くなっていた。もちろん、どなたも殺されてはいない。みんな病死だがね」

そこには届けが出された日付、享年、お役目、屋敷の場所が記されていた。


八月二日、高橋五兵衛、享年八十五、隠居、四谷。

八月七日、中村帯刀、享年四十二、目付、番町。

八月十八日、久保清一郎、享年五十六、大番頭、下谷。

八月二十四日、鬼塚猪之助、享年二十一、部屋住み、本郷。


「辻斬りの瓦版が出たのが十三日、ということはそれ以後のお二人は別ということになる。八月二日の高橋さん、これは八十五のご隠居で屋敷が四谷。これも外そう。残ったのが中村帯刀さん、八月七日に病死届け。瓦版が十三日、住まいが下谷ではなく番町だが、この人、ちょっと怪しくないかい」

「四十二ということは、厄年《やくどし》ですな。まだまだ働き盛りだ」

玄信が言う。

「そうですよ、先生。しかもこの人、お役目が公儀の御目付。目付というのは、直参の旗本や御家人の不正を調べるのが仕事だ」

「へええっ」と半次が声をあげる。

「それじゃ、なんですかい。公儀目付のお旗本が辻斬りに斬られたってんですかい」

「病死でなければ、だれかに斬られたんだろう」

「だけど、病死かもしれない。お届けはそうなんだから」

「うん。旗本が路上で斬られる。どんな理由であれ、武士が私闘で斬られたとなると、ただじゃすまない。下手《へた》するとお家断絶だ。そこで病死で届け出た。とは考えられないかい」

「目付として、厄介なことを調べていて、邪魔だから消されたと」

「そこのところをもう少し掘り下げてみたいんだ。もちろん、この三件が同じ下手人《げしゅにん》とは限らない。金持ちの近江屋さんは追いはぎに斬られたかもしれず、遊び人は喧嘩のもつれかもしれない。が、ここまでいろいろつながってくると、何か出るかもしれない」

「ちょっといいでしょうか」

弥太郎が言う。

「その書付のお名前ですが、たしかに瓦版が出る前に亡くなっているのは四谷の隠居と番町の目付のおふたり。ですが、二十四日に届出のあった鬼塚猪之助という若い部屋住み、これがちょっと気になります」

「ほう」

「五郎蔵が死んだ現場を見たという遊び人の金太をわたしはずっと張っております。この男、毎日ぶらぶらしているだけで、酒を飲むか小博打を打つか、これがこの前、本郷のあるお屋敷に入っていきました。で、すぐに出てきたところで鉢合わせ、あたしが声をかけ、また話を聞き出すために酒に誘いました。飲むとぺらぺらしゃべる男で、やたら機嫌がよくて、あたしに今回は鰻をおごってくれましてね。兄貴、金回りがいいようだねと水を向けますと、あるところにはあるんだとうれしそうに申します。五郎蔵は死ぬ前にだれかを強請っており、そのために消された。金太はその現場を見ていて、何かネタをつかんだのではないでしょうか」

「ネタというのは」

「五郎蔵は嫌われ者のならず者で、喧嘩慣れしています。四、五人の侍に襲われたとき、おとなしく斬られたりしなかったとしたら。死ぬ気で歯向かい、たとえば、寄ってたかって斬り殺される前に、相手のひとりに深手を負わせたとしたらどうでしょう。侍たちは五郎蔵を川に投げ込み、傷を負った仲間を抱えて、その家に送り届ける。それを金太がそっとつけます。後日、強請りに行って金をせしめる」

「その家というのが」

「金太が訪ねていった本郷の屋敷、お旗本の鬼塚金次郎《きんじろう》様。五郎蔵が殺されたのが二十二日、鬼塚猪之助さんの病死のお届けが二十四日、もしも猪之助さんが金次郎さんのご子息だったら、いかがでしょう」

「ほう」

「本郷の切絵図を調べましたら、鬼塚という旗本は鬼塚金次郎一軒だけです。部屋住みの猪之助はこの屋敷の息子に違いありません。そこへ金太が訪ねていった。金太はご機嫌であたしに鰻をおごってくれた。かなり金回りがいいようで、あたしと別れたあと、妻恋坂の岡場所に入っていきました」

「よっ、弥太郎さん、岡場所には誘われなかったのかい」

半次が余計なことを言う。

勘兵衛はそれを無視して、

「旗本の息子が死んで、その家へ辻斬りを見た遊び人が訪ねていき、なにがしかの金を強請った。とすれば、猪之助というのが五郎蔵を襲った辻斬りの仲間ということはあり得る。そこから猪之助の交友を調べれば、辻斬りにたどりつけるかもしれない。ご苦労だが、弥太郎さん、もうひと踏ん張り当たってみてくれないか」

「承知しました。勘が当たればいいんですが」

「卒爾ながら」

　左内が横から言う。

「拙者、思いまするに、弥太郎殿の話、その金太なる遊び人が旗本に強請りを働いておるとすれば、辻斬りが次に狙うは金太ではござらぬか」

「ああ、そういえば、そうですね」

「下谷では今月になって、一度も辻斬りは出現いたさぬ。拙者が弥太郎殿とその金太を見張るというのはいかがであろう」

「左内さん、それはいい考えだ。弥太郎さん、どうだい」

「いずれにせよ、金太は臭いんで、左内さんがいっしょに見張ってくださるのなら、鬼に金棒です」

「弥太郎殿、こちらこそ、よろしくお頼み申す」

「じゃ、そっちはおふたりにお任せするとして、病死届けのあった目付の中村さんだが、これはお京さんに頼もうか。ほんとに病死かどうか。病死でなければ、何があったか。うまく潜り込めるかい」

「わかりました。弥太さんほどうまくいくかわかりませんけど、床下なり天井裏なり忍び込みましょう」

「じゃ、お京さん、頼んだよ」

勘兵衛は顎を撫でる。

「うーんと、そこで、あと、もうひとつだが、死んだ近江屋の佐兵衛さん、これが死ぬ前におかみさんとの仲が悪くなった。夫婦になって十年妊娠の兆しがなく、突然懐妊というのも珍しい。だから、佐兵衛さんはひょっとして不義を疑ってたんじゃないか。そう勘繰りたくもなるんだが、実は徳次郎さんの調べで、おかみさんが子宝祈願に熱心だったことがわかった」

「はい。これは近江屋の女中から聞いた話です。本所亀沢町に子宝祈願に大層ご利益のあると評判の祈禱所がありまして、ここに通うと、たちまち子ができるというんで、毎日のように行列が引きも切らぬそうなんですが、近江屋さんのおかみさんはそこに頻繁に通ってました」

「それで子ができたと」

「祈禱所の奥で、祈禱師が霊験あらたかな特別のご祈禱を行うそうで、その謝金が一回につき、安くても一両。丁寧な秘術をじっくりしてもらうには、いくらかかるかわからない。それでも子が欲しい夫婦は金に糸目をつけないそうで、近江屋さんは大店だから、いったいいくら注ぎ込んだんでしょうね。美男の祈禱師がふたりっきりでお相手してくださるそうだから、喜んで通う女人は多いそうですがね」

「徳さんもいい男だから、いっそ張り合って祈禱所を開いちゃどうだい」

半次が茶々を入れる。

「いやいや、あたしなんぞ、とても隆善様にはかないません」

「えっ」

お京が声をあげる。

「祈禱師の名前、隆善っていうんですか」

「うん、そうだよ。奥州は白金山《しろがねやま》に籠《こも》って修行したとか。その名も天山坊隆善」

「今、先日の句会のこと、お話ししようと思ってたところ。その天山坊隆善さん、つくよみ会に客人で来ておりました。隆善さんを招待したのが俳号梧想、室町《むろまち》の山城屋惣五郎《そうごろう》さんです」

第四章　子宝奇譚《きたん》

一

やるべきことはたくさんある。

が、何からどう手をつけていいか。

勘兵衛は昼飯のあと、今日も亀屋の二階で、ごろり手枕で思案する。九月も半ばを過ぎ、秋もそろそろ終わろうとしている。急に寒くなってきたな。

今回の一件、いろんなことが頭をよぎる。勘兵衛はあれこれと指図するだけで、店子たちはよく働いてくれる。屋敷勤めのときは、上役に指図されこそすれ、人に指図したことなど一度もなかった。さて次の一手はどうするか。

「お風邪を召しますよ」

いきなり羽織を掛けられた。

「わっ」

お京が笑っている。

「なんだ、お京さんか。びっくりさせるね。いつの間に」

勘兵衛はのっそりと体を起こす。

「まったく気配がなかった」

武芸の修行では密かに近づく者の気配を読むことも大切だが、お京には気配というものがまるで感じられなかったのだ。

「だって、あたし、忍びですよ」

なるほど。気配を消すのもまた、忍びの術なのだな。

「それはそうと、お京さん、昨日も今朝も、朝の見回りで見かけなかったね。半次や徳次郎が心配してたよ」

「まあ、うれしい。大家さんも心配してくれました」

「う、うん。もちろん」

言葉に詰まる。お京はなかなか色っぽいのだ。二枚目の徳次郎が女たちに取り入る名手とすれば、お京は男たちをとりこにする色香の持ち主だ。勘兵衛は武士を捨て、くだけた町人にはなったが、美人の前では相変わらずの堅物である。

「行ってきましたよ。番町の中村様のお屋敷」

「おお、それはご苦労だったね」

「千石高のお旗本、ご立派なお宅でした」

「千石とは豪勢だな。門もさぞかし立派だろう。正面から訪ねたのかい」

「ごめんくださいませって。そんなわけないでしょ」

お京は笑いをこらえる。

「じゃ、やっぱり床下から」

「いいえ、天井裏です」

「ふうん」

「弥太さんほどじゃないけど、これでもあたし、たいていの家には忍び込みますよ。それに商家よりも武家屋敷のほうが入りやすいんです」

「そうなのか」

「武家地はそもそも人が少ないでしょ。お屋敷だって、そんなに守りは固くないんです。千石だと、ご家来も少なく、ご用人と若党、奥様付きの女中さん、下男下女がひとりずつってところ。奉公人がうじゃうじゃいる商家と違って、よほど楽ですよ」

「そんなもんかねえ」

「その代わり、汚いこと、鼠《ねずみ》の糞や蜘蛛《くも》の巣なんてのは当たり前、猫の死骸や蛇がとぐろを巻いてたり」

「へえ」

勘兵衛は汚い天井裏に忍び込んでいるお京の姿を頭に描き、顔をしかめる。

「それで、わかりましたよ。亡くなったご当主の中村帯刀様、病死じゃなくて、殺されてました」

勘兵衛は大きくうなずく。

「やっぱりか。じゃ、あの瓦版《かわらばん》はまるきりでたらめじゃなかったんだ。でも、お京さん、中村さんが殺されたこと、どうやってわかったんだい」

「天井に忍び込んで三日目、奥様とご子息が話してらしたんです。息子さんは数馬《かずま》さんとおっしゃる二十前後のなかなかのいい男でした」

「天井裏に三日もいたのかい」

「三日ぐらいなら、平気ですよ。数馬さんが、お母上におっしゃるには、父上の死が無念でならない。どうしても敵《かたき》を討ちたいと」

「ほう」

「それを奥様がたしなめておられました。病死で届けたから、家が潰れないで済んだ。そなたも跡取りとして、中村の家を継《つ》ぐことができる。どこのだれに殺されたかわからないのに、敵討ちなんて無謀ですと」

「武士ならば、父の敵を討ちたいと思うのがほんとうだ。だが、そうなると家はとりあえず断絶。見事敵を討てば、再興も叶うかもしれないが、返り討ちだとそれっきり。そもそも敵に出遭えるかどうかもわからない。奥様のおっしゃるほうが、理には適《かな》っているな。病死ならば、余計な詮索もされず、跡取りもいるので、お家は安泰だ」

「そうでしょうね」

「で、殺した相手がわからないということは、殺された理由もわからないわけだね」

「ただ、数馬さんがお母上におっしゃってました。あの父上がそう易々と斬られるわけがないと」

「中村帯刀さんは使い手だったのかな」

「そうかもしれません」

「なら、辻斬りは腕が立つ。あるいは闇討ち、騙《だま》し討ち、多勢でひとりを相手にする」

「五郎蔵を殺したのが四、五人の侍ってことでしたけど、こっちもやっぱりそうかしら」

「中村さんの病死届けが先月の七日、その二、三日前に亡くなったとして、そろそろ四十九日だね。法要には御目付仲間のみなさんも来るかもしれない。お京さん、今度はそこに潜り込んでほしい」

「お任せください」

「あ、それから、その前にもうひとつ頼みたいことがあるんだ」

「なんでしょう」

「半次と夫婦になってほしい」

「ええっ」

お京は驚く。

「いやいや、ほんとの夫婦になるわけじゃないよ。夫婦を装《よそお》って、本所の祈禱所を調べてほしい」

「それはわかりますけど、亭主の役が半次さんですか」

「気に入らないかい」

「そういうわけじゃないど、あの人、ちょっとお調子者ですからねえ」

「弥太郎は見た目が若すぎるし、徳次郎はいい男すぎる。熊吉は目立つだろう。左内さんや玄信先生は無理だし、二平もちょっとなあ。となると、やっぱり半次がお似合いだ。それにあいつ、けっこう芝居が上手と自慢してただろ」

弥太郎は普段は飴売りである。子供相手の安価な飴を、派手な衣装を身につけ面白おかしい売り声で売り歩く。

ひとつ四文の飴、仕入れ値は三文。原価はおそらく一文しないだろう。これを元締めからまとめて買い取る。元締めを通さない品を売り歩くと、痛めつけられる。売れても売れなくても歩合は払わなくていいが、そもそも仕入れ値にたっぷり歩合は含まれている。

売る場所は特に決められていない。ただし、同業とは重ならないようにする。重なった場合は派手な売り声は控え、こちらからそっと離れる。

ひとつ売って儲けは一文、一日に相当の数を売らなければ暮らしは立たない。

だが、弥太郎にとって飴売りは仮の姿、暮らしが立たなくてもかまわない。ここしばらくは仕事を休んで、ずっと山崎町の遊び人金太に張り付いている。

「あ、出てきました」

弥太郎は声に出さない声で、合図を送る。

「うむ」

弥太郎と同じく金太を見張っているのが浪人の橘左内、声に出さずにうなずく。

御開帳の寺から出てきた金太は、晩秋の夜空を見上げ、ぶるっと肩を震わせる。

今夜は安酒場にも岡場所にも行かず、ねぐらのある山崎町に向かって寺町通りを歩き出す。博奕でいい目が出ず、そろそろ強請《ゆす》り取った金がなくなる頃合か。

寺ばかりが並ぶ寂しい通りである。辻斬りの噂はそろそろ下火とはいえ、金太の他はだれひとり歩いていない。

得てして辻斬りが出るのはこんな夜なのだ。

車坂からすっと人影が現れた。四人の武士が金太の前に立ちふさがる。

驚き立ち止まる金太。

「出たな」

弥太郎がそう思ったとき、すでに左内は疾風のように駆けていた。弥太郎もそれに続く。

武士のひとりがすらりと刀を抜いた。

「ひええ」

後ろにのけぞり、そのまま尻もちをつく金太。

ずばっと肉を斬り裂く音がし、声も出さずに倒れたのは刀を振り上げた武士だった。

「おおっ」

仲間を斬られた三人の武士は刀の柄《つか》に手をかけたまま身構える。

血刀を手にした左内が三人に向き合う。

と、三人が三人、斬られた仲間を見捨て、無言で脱兎《だっと》のごとく逃げ去った。一瞬にして仲間を斬った左内の力量に、とても勝ち目はないと二の足を踏んだのだろう。

弥太郎は逃げる武士たちを追おうと思ったが、呆然と座り込んでいる金太を見て、考え直す。

「おい、おめえ、大丈夫か」

声をかけられ、気を取り直した金太は座ったまま手を合わせる。

「どうか、お助けを」

「なに言ってやがる」

「どうか、命ばかりは」

「おい、おめえの命なんぞ、取らねえよ。逆におめえが斬られるのを助けてやったじゃねえか」

うっすらとした月明かりの中、金太は弥太郎が示す武士の死骸を見ても、まだ立ち上がれないでいる。

「ええっ。これ、おまえさんが。へえ、どこのどなたか存じませんが、ありがとうございます」

「俺だよ。覚えちゃいねえのかい」

「はあ、どなた様でしたか」

「ちぇっ。ほら、この前、湯島で鰻《うなぎ》を食わせてくれただろ。金太の兄貴」

金太は目を凝らす。

「あっ、おめえ、あのときの」

「あのときは羽振りがよかったが、鬼塚から強請った金はもう底をついたかえ」

「て、てめえ、どうしてそれを」

「俺にはなんでもお見通しなのさ。金太さんよ。おめえ、あんまり欲をかくと、五郎蔵の二の舞だぜ」

「えっ」

「夜道を歩いていて、たまたま五郎蔵が四、五人の侍に殺されるのを見たって、おめえ、言ってたよな」

「う」

「たまたまじゃねえんだろ。五郎蔵のネタをかすめる気であとをつけてたんじゃねえのかい」

「いや」

「なんでもお見通しだと言ってるんだ。五郎蔵がとっさに相手の隙をついて、ひとりを匕首《あいくち》で刺したのを、おめえ、見ただろ」

「匕首じゃねえよ。五郎蔵が使ったのは剃刀《かみそり》だ。不意を突かれたひとりが首を切られた。それで、やつら、寄ってたかって五郎蔵を切り刻んで川に蹴落としたのさ」

「そうだったのか。それでおめえ、首を切られた侍が仲間に運ばれるのをつけたんだな。本郷の鬼塚の家まで。いい金蔓《かねづる》と思ったろうが、命あっての物種だぜ」

図星を言い当てられて、金太はうつむく。

「おい、金太、そこに死んでる侍はだれだい。鬼塚の仲間だろ」

「ああ、そうとも。逃げてったやつらもみんな、五郎蔵をやった連中さ。だけど、これ、わあ、おめえ、どうやったんだ」

金太は侍の死骸をじっと見る。

「わしが斬った」

その声に、座ったまま振り向く金太。初めて左内に気づき、「わあぁ」と叫んで立ちあがる。

「なんだよう」

「おう、金太、今頃気づいたのか。おめえが命拾いしたのは、このお方が、おめえを助けてくださったからだ」

「え、そうなんですかい。そいつはどうも」

礼を言われても、左内は無言で金太を見ている。

その殺気に圧倒され、ぞっと肩を震わせる金太。

「おめえ、せっかく助かった命だが、知ってること、洗いざらい言わねえと、今度はほんとに命はないぜ」

金太は逃げる隙を見極めようとして果たせない。

「やだよ。なんでも言うから、勘弁してくれ」

「じゃ、ここに死んでる男、鬼塚の仲間だな。名前や住まいは」

「そいつは知らねえ。ほんとだって。さっきのやつらも名前まではわからねえ。顔は何度か見たことあったがな」

弥太郎は意外そうに金太を見る。

「顔を見たって」

「ああ、俺がよく行く妻恋町の岡場所に若い侍がよく来てた。それがあの人殺しの連中だ。場末の四六見世《しろくみせ》だが、けっこういい女がいてね」

「おい、ほんとか。いい加減なこと言いやがると」

「嘘じゃねえよ。だけど、驚いたな。首を切られた若いの。鬼塚ってお旗本の若様だぜ。あんな安い店で遊ぶんだから、若党かなんかだと思ったら」

「鬼塚のせがれも、ここで死んでるのも、妻恋町の岡場所にいたのか」

「いたよ。あんな場末、侍なんか滅多に来ない。それが、二、三度見かけたから、覚えてるんだ。いつも四、五人つるんで遊んでたな。て、ことは、死んでるこいつも逃げてったやつらも、みんなお旗本の若様じゃないかな」

「金太、いいこと聞かせてくれたな。旦那、どうします」

「うむ、あとあと面倒じゃ。後難を避け、こいつも斬り捨てよう」

立ちすくむ金太。

「ひええ、だめだよう、いやだよう。おい、おめえ、なんとか言ってくれよ。こないだ、鰻食わせてやったろ」

「うん、じゃ、鰻に免じて命ばかりは助けてやるか」

「すまねえ。恩に着るぜ。じゃあな」

その場を逃げ出そうとする金太。

「おっと、まだ行くのは早えや。旦那、この死骸、どう始末しましょうね」

「このままにしておくわけにはまいらぬな。住まいがわかれば、届けてやれるのだが。おお、そうじゃ、本郷の鬼塚のところへ届けよう。さすれば、仲間どもが集まるかもしれん」

「そりゃ、いい考えです」

左内は金太に言う。

「貴様、命は助けてやる。向こうを向け」

「え、いやだよ。背中からばっさりなんて」

「命は取らんと申しておる。さ、向こうを向くのじゃ。向かぬと斬るぞ」

「へい、わかりました」

金太は観念して背中を向ける。左内は弥太郎に顔で合図。弥太郎は死んだ侍を抱えて金太に背負わせる。

「わあ、なんだい」

「金太、このまま本郷の鬼塚のところまで死骸を運ぶのさ」

「いやだあ」

「つべこべ申すと斬る。さっさと歩くのじゃ」

「へええい」

半次はうれしくてそわそわしている。

いつもの大工姿ではなく、今日は念願の晴れ姿。大店《おおだな》の主人である。しかも横に寄り添うように歩いている女房が別嬪のお京なのだ。お京はやはり大店の女房の装い。

お京との夫婦役もうれしいが、今回は長屋の隠密を仰せつかっての仕事らしい初仕事になる。

長屋に移り住んでひと月以上だが、たいしたことはしていない。堀江町《ほりえちょう》の棟梁《とうりょう》の家に行って、仕事があれば命じられるまま、半人前の下仕事をする。

大工仲間はだれも半次を元武士だとは知らない。

今年の初め、家老の田島半太夫に呼び出された。そのほう、芝居好きであろうと言われて、しまったと思った。正月興行、堺町の中村座《なかむらざ》、葺屋町の市村座《いちむらざ》、木挽町《こびきちょう》の森田座《もりたざ》、三座そろっての曽我《そが》狂言を全部見て回ったのが発覚したか。

武士の芝居見物は表向きは禁じられている。もちろん、武士だって芝居好きは多いから、茶屋で刀を預けてそっと内緒で見ている。が、茶屋を通して桟敷となると、大層な金がかかる。だから、半次は最初から刀なんか持たず、丸腰の着流しでぶらっと木戸銭を払って平土間《ひらどま》で町人たちに交じって見物する。これがなんとも言えない面白さなのだ。

隠れて見ている分にはいいが、露見するとまずい。お叱りぐらいならまだしも、下手《へた》をするとお家断絶、切腹を言い渡される。どこかの藩のお姫様が内緒で芝居見物したのがばれて、お姫様は押し込めで、重役が腹を切ったという話も伝わっている。ばれちゃ、しょうがないのだ。

今回の正月興行見物のご処分、ご家老直々《じきじき》に言い渡された。お役御免の上お家断絶、今後出仕に及ばず。切腹は免れたが、芝居を見ただけでお家断絶とはかなり重い。

江戸で生まれて江戸育ち。作事方の父は小石川の藩邸の近くに小さな家を借りていた。他に兄弟姉妹もなく、気楽な暮らしで、芝居好きの父と子供の頃はよく一緒に芝居町まで出かけたもんだ。その両親はすでになく、半次は妻も子もない独り身であった。家が潰れても悲しむ者はいない。

そこで家老が言う。これより藩を離れて、町人になれ。そのほうの芝居好きの技を活かして内々に働けと。隠密を仰せつかるなんて、まるで芝居のようだ。

身分を偽るために町人としての生業《なりわい》を身につけるべし。作事方ならば大工がよかろう。勝手にどんどん決められて、井筒屋の世話で堀江町の棟梁に住み込みで弟子入り、小僧たちに交じって怒鳴られながら仕事を覚えた。

ほんとは大工よりも芝居の役者がいいとは思ったが、あれは人前に顔をさらす商売だから、隠密には向かないそうだ。

棟梁に弟子入りしたその日から、口調が職人になっており、周囲の大工たちと変わらなかった。子供の頃から芝居を見て培った得意技、どんな言葉もすぐに覚え、どこにでもすんなりと溶け込むのだ。

長屋ではお調子者の大工の役を楽しんでいる。

そして、今日は大店の主人。

お京と並んで歩くと、つい体がお京の方へ傾く。

「えへん」

後ろで野暮な咳払い。

「旦那様、おかみさんにくっつきすぎですよ」

半次が大店の主人、お京が女房、夫婦二人に供がなければおかしかろう。というので、勘兵衛がお梅を女中役にして従わせた。子宝祈願の祈禱所なので、産婆《さんば》のお梅が見てなにか気づくことがあるかもしれないという配慮である。

両国橋《りょうごくばし》に近づくと本所広小路は大変な賑わい。橋の両側は本来火除け地で、見世物や露店など、三味線《しゃみせん》や笛や太鼓の音が流れる。

「旦那様、大層な賑わいですね」

お梅が言う。

「うん、お天気がいいからね」

半次は鷹揚に答える。今日は職人ではなく大店の主人なので、言葉つきも品よくいかなければ。

橋を渡ると回向院。その先の亀沢町に天山坊隆善の祈禱所があるのだ。

「おや、徳さんは回向院から行列が引きも切らずと言っていたが、そうでもないようだね。あの男はどうも、大げさでいけませんよ」

半次が大店の旦那風にしゃべるので、お京とお梅は笑いをこらえる。

が、亀沢町が近づくにつれ、二十人ほどの列はできていた。

「お、並んでる、並んでる。あそこがそうだな」

三人は列の最後に並ぶ。

「これだと、どのくらい待つのかな」

並んでいるのはみな町人のようだ。ひとりで来ている女もいるが、夫婦者、親子、主従らしき者もいる。

「あたしがちょっとうかがってきますので、おふたりはここでお並びください」

ふたりを列に残して、お梅が開け放たれた戸の中まで行く。玄関に巫女《みこ》の格好をした若い女が受付をしており、横には浅葱《あさぎ》色の筒袖のいかめしい大男が睨みをきかせている。

「あの、こちら、隆善様のご祈禱所でございますか」

お梅が聞く。

「さようでございます」

巫女が返答する。

「いきなり参りましたが、隆善様にお願いできますでしょうか」

「はい、どなたでも分け隔てなくお会いなされます」

「今からだと、どのくらい待ちましょうか」

「さあ、なんとも。けっこうかかるときもありますし、すぐに順番が回ってくることもあります。どうぞ、列にお並びください」

お梅がふたりのところへ戻ると、すでに後ろに一組の男女が並んでいた。

「旦那様、聞いてまいりました」

「おお、そうか」

「こちらで間違いございませんが、どのくらいかかるかはわかりません」

「そうかい。ご苦労だったね」

余計なことをしゃべって身元がばれてはいけないというので、三人はただ無言で並んでいる。

そのとき、辻駕籠《つじかご》が祈禱所の入口に横づけされ、中から身分の高そうな武家の女が姿を現し、駕籠屋に手間賃を手渡す。

巫女と大男は女を恭《うやうや》しく迎え入れ、駕籠はそのまま去っていく。

半次は嫌な顔をする。

「はあ、並ばずに横から入るのもいるんだ」

「あなた」

お京がたしなめる。

列はなかなか進まない。一組が出てくれば、一組が入る。ただ、受付で迷った挙句、せっかく並んだのに、きまり悪そうに帰っていくのもいる。いずれにせよ時間がかかる。横から割り込む偉そうな武家女もいるし。

半次は建物を観察する。間口も狭く、奥行きもさほどなさそうだ。剣術の町道場といったところか。

「お次の方、どうぞ」

ようやく順番が回ってきた。さて、鬼が出るか、蛇《じゃ》が出るか。

二

祈禱所の中は静かだった。

玄関で名を告げようとしたら、中で祈禱師様に直《じか》にどうぞ。そう言われて木の番号札を渡される。

「御心づけを頂戴いたします」

「え、ここで」

「お願いいたします」

「いくらです」

「一分でも二分でも、お気持ちだけで」

驚いた。一分といえば大金だ。番号札をもらうだけで、そんなにするのか。大家の勘兵衛から軍資金は預かっているので、躊躇せずに財布から出す。

さきほど受付で迷って帰った夫婦者、せっかく行列に並びながら、一分金が惜しかったのかな。

受付とは別の案内の巫女がいて、それに従い三人は控えの間に通される。天井の高い三十畳ほどの大広間に十組ほどがばらばらに座っている。ほとんどだれもしゃべらない。

番号を呼ばれた者が巫女の案内で奥に通されるようだ。だが、入っていった者は出てこない。出口は別にあるのだろう。横から割り込んだ武家女もここにはいない。すでに順番を飛ばして祈禱を済ませたのか。

「ぬの八番の方」

夫婦者が奥に入っていく。番号はいろは順になっている。半次が手にする番号は「るの九番」だった。「へ」でなくてよかったと思う。名前を呼ばず番号なのは、他の者もいる控室では、やはり差しさわりがあるからだろう。

「るの九番の方」

ようやく呼ばれて、巫女の案内で奥の間に通じる廊下を行く。

「お入りください」

巫女が扉を開けると、祭壇の前に総髪の美丈夫《びじょうふ》、天山坊隆善が目を閉じ錦《にしき》の座布団の上に座っている。

「どうぞ、こちらへ」

巫女が三人を隆善に向き合わせ座らせ、筆と半紙を手渡す。

「これに旦那様とご祈禱を受けられる方のお名前をお書きください」

「承知しました」

半次はさらさらと偽名を書く。神田小柳町《こやなぎちょう》、幸兵衛《こうべえ》、女房、鶴《つる》。

ぱっと目を開く隆善。三人をじっと見る。

「この世の栄耀栄華は限りあり、未来永劫の幸せは子にありまする。天地万世、八百万《やおよろず》の御神々、舞い来たりて子宝を授け申す。俗世の汚れは金銀にあり。さあ、邪心を捨ててご喜捨《きしゃ》くだされ」

隆善の言葉とともに、巫女が壺を差し出す。

「え、なんです」

半次が聞く。

「これにご喜捨を」

「はあ」

祭壇の隆善が言う。

「ためらわずに俗世の汚れた金銀をこれに」

「じゃあ」

半次は財布の中の一両小判を壺に入れる。

隆善は半紙の名をちらっと見る。

「神田小柳町、幸兵衛殿、まだ汚れが落ちぬようじゃ。汚れが残ると子宝は授けられぬ」

「はあ、さようで」

半次は小判をもう一枚、壺へ。

「よかろう。では、お内儀、お鶴殿、これよりご祈禱いたす」

「ありがとうございます」

巫女が祭壇の奥の扉をぎいいっと開き、隆善が入る。

「さ、おかみさん、こちらへ」

巫女がお京を扉の中へと誘う。

いっしょに行こうとした半次とお梅は遮られる。

「おふたりはしばらくここでお待ちください」

祭壇裏の扉の向こうは小部屋になっており、お京が入ると、巫女が外からぴたりと厚い扉を閉める。

　中は金色に輝く壁一面に男女交合の絵図や立像が飾られており、焚き込まれた甘い香の匂いにむせるようだ。

「さあ、お鶴殿、お楽になされ」

「はい」

「祈禱に入る前に、いくつか問うが、それにお答えくだされ」

「はい」

「御年はいくつか」

「二十四でございます」

「ご亭主は」

「三十です」

「嫁《とつ》がれて何年でござる」

「五年になります」

「その間、一度も懐妊の兆しはござらぬか」

「はい、ございません」

「いとなみはいかほどの回数か」

「は」

「男女の交わりじゃ」

「はあ」

「二十代ならば四日に一度、三十過ぎれば八日に一度が適度じゃ。お鶴殿、何度ぐらいいたしておられる」

　お京は恥ずかしそうにうつむく。

「お答えせねばなりませぬか」

「そなたほど美しければ、ご亭主は毎日でもいたしたがるはず。どうじゃ、毎日か」

「いえ、とてもそんなには」

「正直に申さねば、祈禱は行えぬ」

「では、申します。月に三度ほど」

「なんと、もったいない。そなたほどの美貌で月に三度とは。うーん。わかり申した。では、これよりわが体内に八百万の御神々をお迎えし、そなたに子宝降臨の祈禱をいたす」

「お願いいたします」

「さあ、もそっとこっちへお寄りなされ」

「はい」

「もそっと近う」

お京を錦の褥《しとね》に導き寄せる。

「わしの体内の御神々の気が子宝となってそなたに移る」

隆善はお京の体をいきなりぐっと抱きしめる。

「あ、なにをなさいます」

お京は身をよじる。

「気を移すには、わしの口からそなたの口へ」

隆善はお京の口に自分の口を押しつける。お京は顔をそむける。

「あれ、おやめくださいまし」

「御神々の気を拒んではならぬ」

「ううっ」

お京が呻く。

「さあ、もそっと体を楽にしなされ。うん、まだまだ固いのう。今、柔らかくしてしんぜよう」

隆善はお京の体をもみほぐし、襟《えり》もとから手を差し入れる。

「あ、ご無体な」

「気を入れるにはさらに柔らかくせねばならぬ。うん、よき塩梅の柔肌じゃのう。御神々もお喜びじゃ」

「おやめくださいませ」

「さ、子宝を授けてしんぜよう」

隆善がお京の裾を割ろうとする。

「あ、そこはお許しくださいませ。今、月の汚れでございます」

「なんと」

隆善はお京から離れる。

「そなた、月のものか」

「はい、昨日から始まったばかり」

「おお、それは間が悪いのう。八百万の御神々は月の汚れを忌み嫌われる。その間は子宝を授けるのは無理じゃ」

「さようでございますか」

お京は残念そうにうなだれる。

「ではのう、また、それが終わった頃においでなされ。次はおひとりでかまいませぬぞ」

「承知いたしました」

「子宝の祈禱、ごく軽くいたすのであれば一回一両から、じっくりといたすときは、まず五両から十両、子が授かるまで何度でもいたすゆえ、邪心を捨てて、お通いなされよ」

「うれしゅうございます」

「お待ち申しておりますぞ」

「というわけでございます」

三人の報告を聞いて、勘兵衛は呆れる。

「思った以上にひどいご祈禱だね。子宝というより、種付けだな」

半次が憤る。

「ひどいもなにも、お京さんがあの扉の中でそんなひどい目にあってたなんて、全然気がつかなかったよ。祭壇の裏の扉、そうとう分厚い樫《かし》ですね。隙間がなくて、音が外へ洩れないんだ。亭主は中で女房に何が起こっているか、知るよしもない。でも、ほんと、お京さん無事でよかった」

「あたしは男の扱いは慣れてますから」

「ほんとかい」

　ぽかんと口を開ける半次。

「でもね、あたしはまあ、平気でしたけど。初心《うぶ》で真面目なおかみさんだったら、ひとたまりもないでしょうね。けっこう女の弱いところを突いてくるんですよ。子ができないのは、夫婦のいとなみが足りないんじゃないか。亭主を物足りないと思ってるんじゃないか、なんてね。祈禱所の奥の淫らな絵と甘い香りにふらふらっとなるおかみさんはけっこういるんじゃないかしら。それに、なんといっても、いい男ですから。あの隆善」

「嫌な野郎だなあ」

　顔をしかめる半次。

「でも、あの行列、日に何十人、いちいち奥で祈禱していたら、身が保《も》たないんじゃないかな」

「それはそうですよ」

　お梅が言う。

「見てたら、順番がすぐ済む人もいたんです。あれは話だけで帰らせたのか、隆善はお京さんみたいな別嬪しか相手にしないんじゃないかしら。どんなに精気のある男でも、一日に五人がいいところでしょう」

「そりゃそうだなあ」

半次が納得する。

「それに、いくらいい男でも、喜んで身を任せる女ばかりじゃありません」

腹立たし気にお梅が言う。

「あたしは思いますけど、隆善はこれと目をつけたいい女だけ祈禱するんです。厚い扉の向こうで、あの隆善とふたりきり。外へ声も届かない。無理やり手込めにされる女の人も多いでしょう」

「お梅さん、そう思うかい」

「思いますよ。それに祈禱料が気に食わないわ。一回軽くて一両、じっくりだと五両から十両。そりゃ中には喜んで金を払う人もいるでしょうけど、子ができるまで何度でも来いってのはどうかしらねえ。子が欲しいという気持ちもあるでしょうけど、亭主にばらすぞと脅されたら、嫌でもお金を持って通うでしょ」

「えっ、それって子の欲しい女たちを祈禱所が脅しているのか」

「女だけじゃありません。だいたい、行列に並んでた人たち、みんな身なりがよかったからお金持ちですよ。ご祈禱の詳しいあれこれを知らなければ、子の欲しい亭主はいくらでも出しましょう」

「重ね重ね人の弱みに付け込む悪どい商売だな」

「暮らしが苦しくて産みたくないのに子ができる貧乏人もけっこういますよ。産婆の中には裏で子おろしを請け負っている人もいます。世の中、うまくいかないもんですねえ」

お梅はため息をつく。

「隆善は女の扱いがうまいから、最初は無理やり手込めにされても、だんだん夢中になって離れられなくなる女もいるかもしれないわ」

お京が言う。

「祈禱所で働いてるふたりの巫女、あれ、どっちも隆善の女じゃないかしら」

「なるほど、そうかもしれないや。くそ、いやだなあ、二枚目野郎は」

ますます憤る半次。

とんとんと階段をあがってきたのは徳次郎である。

「あ、徳さん、こんにちは」

「これはみなさん、おそろいで。だれです、今、あたしの噂をしてたのは。二枚目がどうとかこうとか」

勘兵衛が苦笑する。

「おまえさんの噂じゃない。お京さんたちに本所の祈禱所に行ってもらって、その話を聞いていたところさ」

「なんだ、そうでしたか」

「で、おまえさん、山城屋はどうだった」

「どうもこうもありませんね。あそこ、かなりいかがわしいです」

徳次郎は室町の山城屋の女中をいつもの手口で手なずけ、台所に入り込んだという。

山城屋惣五郎は新興の仏具商であるが、金にあかして日本橋の大店主人たちの句会、つくよみ会に加わり、人脈を作り、今度は大奥の法要に仏具を納める御用達に選ばれたと喜んでいる。

山城屋をつくよみ会に引き入れたのが両替商の和泉屋長兵衛で、山城屋からかなりの饗応を受けているのだろう。

とかくこの世は、金さえあればなんでも叶う、それが山城屋の口癖なのだそうだ。

もともとは本所の道具屋で仏壇、仏具、神棚などを扱っていた。仏具神具を処分するには、ごみとして放置するわけにはいかず、供養になにがしかの金がかかる。それを無料で引き取り、供養はせずに手を入れて売る。そんな罰当たりな商売はみんないやがるので、商売敵《がたき》もなく、けっこう稼ぎがよかったが、阿漕《あこぎ》な商売に天罰が下り、数年前に病で倒れた。

たまたま通りかかったのが諸国遍歴の隆善。深山で修行し神仏融合の独自の教義を編み出して山を下り、江戸へ至り、たまたま本所の山城屋の店先で報謝《ほうしゃ》を乞うていたところ、主人が不治の病で臥《ふ》せっているのを知り、これを祈禱で治した。

病の回復した山城屋は狂喜し、身代を投げうって本所に隆善のための祈禱所を建てたのが四年前。病魔退散、家内安全、商売繁盛、色事成就、夫婦円満など、どのような祈願も受け付ける。最初はさほど信者も集まらなかったが、子宝を願う近所の夫婦の祈禱を行ったら、たちどころに懐妊した。それが評判となり近隣の跡取りのない金持ちが祈禱所を訪れ、次々と子宝が授かった。

祈禱所が繁昌するにつれ、祈禱所を建てた山城屋にも幸運が訪れて、二年前に日本橋室町に立派な仏具商を店開きし、押しも押されもせぬ大店となった。

「徳さん、おまえさん、よくそこまで調べたね」

勘兵衛が感心する。

「なあに、山城屋は成り上がり、女中たちもあまり品がよくありません。ちょっと水を向けると、ぺちゃくちゃぺちゃくちゃ、なんでもかんでもしゃべります」

勘兵衛は隆善のいかがわしい祈禱のことを思うと、山城屋が後ろで糸を引いているのではないかと類推する。

「数年前に病気の山城屋が隆善の祈禱で回復したというのは、どうもまやかしだな。その頃、あちこちから仏壇や神棚をただで引き取って儲けた山城屋が、さらにひと儲けするために、偽祈禱師を仕立てたか」

半次が首を傾げる。

「だけど、仏壇や神棚をただで引き取って、手を入れて売るといったって、ケチな商売です。祈禱所を建てるほど儲かるんですかね」

お梅が言う。

「あたしは思うんですけど、仏壇や神棚って、大事なものを隠すのに使ったりするという話はよく耳にしますよ。ただで引き取った仏壇の隠し棚に小判が隠されていたりすると」

「なるほど、お梅さん、仏壇や神棚を只取りするだけで、いい儲けになるわけだね」

「いずれにせよ、罰が当たらないのかしらねえ」

「あっ」

「どうした、半次さん」

「あの隆善、あれは役者じゃないかな。どっかで見たような顔なんだ」

「ほんとかい」

「三座じゃなくて、小芝居の二枚目で、顔もいいし、芝居もうまいし、ちょっと売れてた、ええっと、ちょっと名前が出てこないが」

「もしそうだとすると、山城屋は小芝居の役者を雇って祈禱師に仕立て、子宝を願う女たちに種付けをさせて、さらに儲けていると」

半次はうなずく。

「軽い種付けで一両、じっくりやると五両から十両、満願成就で懐妊すれば、百両ぐらいの寄進はある。とすると、あの行列、日に何十人、いや百人はいくか。大口の寄進があれば日に千両、月に万両はいくかもしれません。金の力で成り上がった山城屋の金の出所が隆善というのは確かじゃないかな。山城屋が千両箱をばらまいて出世街道を行くのも、うなずけます」

勘兵衛は首をひねる。

「いかがわしい祈禱所、お上が手入れしないのかね」

徳次郎が言う。

「寺社奉行に千両箱のひとつやふたつ、届けてるんでしょう」

「なるほど。で、徳さん、近江屋佐兵衛の女房のお多恵さんが隆善の祈禱を受けたのについては」

「はい、山城屋は句会で知り合った近江屋佐兵衛に近づき取り入って、佐兵衛が十年の間、子ができずに悩んでいることから、ご利益があると祈禱を勧めたのでしょう。それまで亭主と夫婦仲のよかったお多恵さんが隆善の元に通うようになり、やがて隆善のとりことなって、亭主を疎《うと》んじる。夫婦仲が悪くなる」

「うわあ、いやだ、いやだ」

半次が悪態をつく。

勘兵衛はうなずく。

「ほんとにいやだね。山城屋が大奥の御用達になるには、元大奥の奥女中だったお多恵さんが隆善に言われて滝路という御年寄につなぎをつけたか」

「お多恵さんのお父上は大奥お広敷用人の竹内清右衛門さんですからね。すんなりといくでしょう」

徳次郎が苦い顔。

「となると、近江屋佐兵衛は面白くない。そこで山城屋を責める。そして」

そして、近江屋佐兵衛は辻斬りに遭った。

これが本職の絵草子屋なら、亀屋は簡単に潰れるかもしれない。番頭の久助が店のことはなにからなにまでやっていて、主人の勘兵衛は特にやることもないのだが、客はほとんど来ないのだから、まあ、よかろう。

勘兵衛は祈禱所と山城屋との報告に来た店子たちにさらなる探索を言い渡し、二階でぼんやりと考える。

先月十五日の夜、池之端の茶屋の帰りに近江屋佐兵衛は辻斬りに襲われ、番屋に運ばれ、そこから本町の店に使いが走り、番頭の栄蔵が店の若い者とともに引き取りに行った。おそらくは町役人に金で口止めをして、お多恵と相談の上、病死として弔《とむら》いを出す。が、辻斬りに遭ったらしい噂は流れている。

佐兵衛が邪魔になったので消したい。それなら、別に辻斬りにしなくてもいいのではないか。そこで思いついたのが瓦版のこと。辻斬りの瓦版が出たのが先月の十三日頃、佐兵衛が辻斬りに遭ったのが十五日。つまり、辻斬りの瓦版が出たので、佐兵衛を辻斬りに殺させた。

老舗《しにせ》の大店としては体面があるので病死で届けたが、奉行所から突っ込まれれば、実は運悪く辻斬りでしたと謝《あやま》る。面倒なので、お上はそれ以上の詮議はしない。とそこまで考えた上の辻斬りか。とすると、佐兵衛を殺した辻斬りとは、いったいだれだろうか。

「辻斬りの正体、わかりました」

「えっ」

勘兵衛は驚き、跳びあがる。

いつの間にか、横に弥太郎が座っている。

「びっくりしたなあ。弥太さん、いつからそこに」

「今来たばかりです」

「おまえさんにしろ、お京さんにしろ、ほんとに急に現れるから困るよ」

「どうも、すいません」

「で、辻斬りの正体がわかったのか」

「はい、まずは先月ご公儀に病死届けの出された本所の鬼塚猪之助、病死ではなく、遊び人五郎蔵を殺害せんとして不覚をとり、落命いたしました」

「ふうん、やっぱり病死じゃなかったんだな」

「そうなんです。で、この殺害の現場に隠れて居合わせていた遊び人の金太、こいつが鬼塚を強請ろうとして、四人の若侍に狙われました。そのうちひとりを左内さんが斬り」

「え、左内さんが斬ったのか」

「はい、あの人、ちょっと恐ろしいですね。手取りにすれば、よかったんですが、あっという間に」

「なるほど」

「斬られたのが小石川の旗本、宇田川左近《うだがわさこん》様の次男、宇田川喜一郎《きいちろう》であると判明。宇田川家では喜一郎病死としてお届けあり、弔いに集まった若侍のうちから、不審な者三名、調べましたところ、谷垣幸三《たにがきこうぞう》、吉村為次郎、相馬右京《そうまうきょう》と懇意であることがわかりました。いずれも旗本の次男、三男です。ご報告が遅れまして」

「いやいや、よくやった」

勘兵衛は落胆する。旗本といえば、将軍家をお護りし、世の秩序を護る武士の鑑《かがみ》であるべきだ。その子弟が人殺しの辻斬りとは。

「谷垣幸三、吉村為次郎、相馬右京、亡くなった鬼塚、宇田川とともに五人で下谷あたりを遊び歩き、妻恋坂の岡場所にもしょっちゅう出入りしていました」

弥太郎の言葉に、勘兵衛は、

「待てよ」

「なにか」

「うん、妻恋坂の岡場所、もう一回、三人の名前を言ってくれ」

「はい、谷垣幸三、吉村為次郎、相馬右京」

「よく調べてくれた。その名前には心当たりがあるよ」


弥太郎が出ていくと、入れ違いにお京が報告に来た。

「中村帯刀様の法要に行ってまいりました」

「おう、ご苦労さん」

「千石高にしては、ほんとにひっそりとした寂しいご法要でした」

お京の話では、わずかの親戚以外では公儀目付が数人集まっただけという。

中村さんは惜しいことをした。立派なお方だった。あれだけ壮健なお方が残念なことだ。そんな挨拶とは裏腹に、口にはしなくとも病死でないことはみな、薄々知っているようだ。

酒が入ると口が軽くなる。目付は直参のことだけ調べておればいい。中村殿はちとやり過ぎたな。お広敷の後ろには大奥と寺社奉行が控えている。そんなものを相手にしては勝ち目がない。これっ、声が大きいぞ。などなど。

「つまり、中村さんは大奥お広敷の不正を探っていたと」

「そうでしょうね」

「目付が目をつける旗本といえば」

「お広敷用人の竹内清右衛門様」

「近江屋の女房お多恵の父親だな。不正はおそらく娘のお多恵といっしょになって、山城屋を大奥の御年寄に引き合わせたことだろう。中村さんはそれを探って、辻斬りにばっさりか」

勘兵衛は腕を組んで一思案。

「お京さん、おまえ、大奥へ忍び込めるかい」

「まあ、大奥ですか。命がけですね。ふふ、でも、一度行ってみたかったんです」

三

門人たちがみな帰ったあと、山岸倉之助は仏壇に手を合わせ、酒を飲む。夕飯は食わずに、ありあわせの香のもので、ひたすら飲む。

「倉之助」

名を呼ばれて、振り返ると、行灯《あんどん》の薄明りに勘兵衛の顔があった。

「うわああ、いやだ。成仏してくれ」

倉之助は狼狽し、勘兵衛に向かって合掌《がっしょう》する。

「早まるな。俺は生きている」

「うわあ、うわあ、俺はこの世に怖いものは何もないが、幽霊だけはいやなんだ」

「安心しろ。生身の権田又十郎だ」

倉之助は恐る恐る勘兵衛を観察する。

「え、又さん、おまえ、ほんものか」

「足はあるぞ」

「驚いたなあ。そろそろ四十九日じゃないか。箱根で急死してから。てっきり幽霊かと思ったぜ。俺は相手が生きていれば、どんな大男でも怖くないが、子供の幽霊でも背筋が凍りつくんだ」

「おまえ、子供の幽霊に出遭ったことあるのか」

「それはないけど、又さん、おまえ、その格好は」

勘兵衛は長屋の大家、町人の扮装である。

「わけがあって、権田又十郎は死んだ。俺は今、町人になっている」

「死んでなかったのか」

「この通りだ。おまえを騙《だま》していて、すまん」

「なんだよ。ええ、生きてちゃ、都合の悪いことでもあったのか。姿を消さなきゃならないわけが。借金とか、女とか」

「詳しいことは言えんが」

「まあいいや。久しぶりに一杯やるか。なにもないが、酒だけはあるぜ」

「いつも飲んでるのか」

「門人がみんな帰ったらな。仏壇の女房とふたりで飲んでいるのさ」

倉之助は仏壇の茶碗を勘兵衛に渡す。

「女房のだが、おまえが飲んでくれれば、お美津《みつ》も喜ぶだろう。さ、この茶碗でいこう」

「うん、いただこう」

勘兵衛は仏壇に手を合わせ、倉之助が徳利から注いだ酒をぐっと飲む。

「いい飲みっぷりだな。で、死んだはずの又さんが、どういう風の吹き回しで、あの世からよみがえったんだ」

「実は聞きたいことがあってな」

「ほう、俺でわかることなら」

「俺が箱根に行く前に、道場で立ち合った若いのがいただろう」

「吉村為次郎だな」

「最近、ここの門人の弔いがあったな。小石川の宇田川喜一郎、先月は本郷の鬼塚猪之助」

訝《いぶか》し気に勘兵衛を見据える倉之助。

「おまえ、どうしてそれを」

「死んだふたりと吉村、あと、谷垣幸三、相馬右京。五人は道場近くの妻恋坂の岡場所でよく遊んでいたそうだが」

「あいつら、若くて血の気が多いからな。俺はもうお役御免だが」

勘兵衛は懐から例の辻斬りの瓦版を取り出し、倉之助に見せる。

「なんだい、これは」

「辻斬りで首を斬られた男が自分の首を抱えている図だ」

「ふんっ、悪い洒落《しゃれ》だ」

倉之助は顔をそむける。

「けっこう売れたそうだ。おまえ、知らなかったか」

「初めて見るね」

「下谷で辻斬りが噂になったことも知らないか」

「知らないな」

「先月、下谷で辻斬りが三件、直参旗本で目付の中村帯刀、日本橋本町の近江屋佐兵衛、下谷御数寄屋町の遊び人五郎蔵、辻斬りは若くて血の気の多い侍が五人。倉之助、おまえ、知らなかったのか」

倉之助は無言で徳利の酒を茶碗に注いで、一気にあおる。

「ああ、又さん、辻斬りなんてのは、もっともっとたくさんあったぜ。実は今月、もう一回、下谷山崎町の遊び人金太ってやつが辻斬りに殺されるはずだったんだが、邪魔が入った。そのとき宇田川喜一郎を殺したのは」

じっと勘兵衛の顔を見つめる。

「又さん、おまえだったのか」

「いや、俺じゃない」

勘兵衛は静かに首を振る。

「やったのは俺の仲間だ」

倉之助はまだ、納得いかない。

「又さん、おまえ、死んでから、いったい何をやって暮らしてるんだ」

「権田又十郎は死んだ。そのあと、俺は今、長屋の大家だよ」

「大家、ええ、あの長屋の大家かい。はああ、驚いた。いや、待てよ」

倉之助は勘兵衛の顔を覗き込む。

「そうか、おまえの殿様はご老中、松平若狭介様だったな。それと今回のこと、何か曰《いわ》くがあるのかい」

それには答えず、

「倉之助、わけを聞かせてくれないか。どうして、門人に辻斬りなんかやらせたんだ」

「なんだ。全部、知ってるのか、又さん」

「おおよそのことは」

倉之助は寂しく笑う。

「金のためだよ」

「なにっ」

「そう、憤《いきどお》るなって。武士にとっちゃ、金なんてもんは汚いに決まってる。が、俺は道場やってても、いわば浪人だよ。俺の親父も結局浪人だった」

「だからといって」

「まあ、聞けよ。おまえのご新造、お信乃さんも気の毒だったが、うちのお美津も長《なが》患《わずら》いでね。医者や薬代にべらぼうな金がかかったんだ。どこかの藩にでも仕えていれば、それなりに御見舞金などもあったかもしれないが、なにせ、俺は浪人の身分だ。だれも用立ててはくれない。次々に借金をしても医者代、薬代になかなか追いつかない。道場もとっくに借金の形《かた》に入ってる。ところが親切な男がいて、金が有り余っているのか、困っている人を助けたい。利息もいらない、あるとき払いの催促なし。ご新造思いのあなたにほだされたので、いくらでもご用立ていたします。うまい話には罠がある。わかっていたが、結局借りた」

「それが山城屋惣五郎だな」

「あいつのおかげで、お美津は少しは長生きできたよ」

「いつからだ」

「なにが」

「人斬り稼業だ」

「それなら、一年前かな。女房が死んだのは、おまえさんとこのお信乃さんより、半年ばかり早かったろう。おまえも俺もお互い頑丈なのに、女房運は悪かった。女房が死んでも、あちこちに残った借金は消えない。この道場も形に取られてる。そのとき、山城屋が他の借金も全部肩代わりするし、道場も手放さなくていいというんだ。その代わり、手を貸してほしいと」

「それで、人殺しを」

「最初は山城屋の昔の悪事を知っている連中、こいつらはみんな山城屋の同類、死んでもいいような悪人ばかりで、うちの血の気の多い若い門人が喜んでやってくれた。うちは実戦を重んじる道場だが、実際に生きた人を相手に斬り合うことなんてないだろう。悪人を斬るならよかろうということで。一仕事ごとにどっさり金をくれたよ。悪人を成敗して金になる。後ろめたいことなど、なにもなかった」

「公儀目付やかたぎの商人を斬ったのはなぜだ」

「最初はやくざや金貸し、そんなのばかりだったが、いつしか、山城屋の商売の邪魔になる人間も斬るようになる。その頃には若い連中は金のためじゃない、人を斬るのが面白くなっていた。吉村、谷垣、相馬、宇田川、鬼塚、五人とも旗本の次男三男の厄介者《やっかいもの》だ。どんなに剣の修行に励み腕をみがいても、養子の口がなけりゃ、一生うだつの上がらない冷飯食いの連中だ。俺はあえて止めようとはしなかった」

「山城屋は金の力でのしあがり、邪魔者は金の力で片付ける。そんな男だ。今度は江戸城の大奥にまで手を伸ばし、ますます力をつけようとしている。倉之助、そうなると、あいつのために手を汚したおまえたちが、今度は消される番だぞ」

「そうかもしれん。ここらが引き際だな。いつかくると思っていた。そういう時が。だけど、又さん、死んだはずのおまえさんが来るとはな」

倉之助は仏壇の引き出しから紙の束を取り出す。

「これが山城屋からの書状だ。殺す人間の名前や人相、住まいなどが細かく書いてある。たいした証拠にはならないが、あいつを責める材料にはなるだろう」

「俺にくれるのか」

「うん、俺と勝負して勝ったら、おまえにやるよ。道場へ行こう。一度、又さんと真剣勝負がしてみたかった」

「俺が勝ったら、その書付をくれるんだな」

「勝手に持っていくがいいや」

「勝負は時の運だ。おまえが勝ったら」

「そうだな。俺も箱根の山は越えたことがない。箱根なんかよりもっと遠く。巡礼になって東海道《とうかいどう》、さらには四国の金毘羅様にでもお参りしたい。お美津といっしょに」

「そいつはいいな。楽しそうだ」

「あ、又さん、丸腰かい」

「うん、今は町人だから」

「じゃ、いいのを貸してやろう。親父が使っていた刀だ。よく斬れるぜ」


亀屋の二階に店子が集まっているが、勘兵衛の姿が見えない。

久助が茶を配って回る。

「久助さん、いつも、ありがとうよ」

半次が礼を言う。

「いえいえ、どういたしまして」

「大家さん、どこ行ったんだい。湯屋《ゆや》かい」

徳次郎が尋ねる。

「いえ、お湯はもっと早い時刻に行きまして、夕暮れからぶらっと」

「ぶらっとって、大家さんが出かけるの珍しいね。近頃じゃ、店を久助さんに任せっきりで、いつも二階でごろごろしてるからな」

「おっつけ戻ってくるとは思います。どうぞ、みなさま、お待ちくださいませ」

半次が周りを見回す。

「あ、それはそうと、今日はなんか、どよんと淀んでいるようだけど、なんだ、お京さんがいないじゃないか。だから、重苦しいんだな」

「重苦しくて悪かったわね」

お梅がふくれる。

「いやいやいや、お梅さんが重苦しいってわけじゃありませんよ。だけど、大家さんとお京さんがいないということは、ふたりでどこか行ったのかな」

半次が首を傾げるので、徳次郎が聞く。

「どこかって」

「ふたりで仲良く飯でも食いに」

「そんなわけないだろ」

そこへ勘兵衛が戻ってくる。

「みなさん、申し訳ない。お待たせしたね」

半次が大声をあげる。

「待ちかねたあ」

「はいはい、じゃ、ちょっといつもの形で膝突き合わせて座っとくれ」

徳次郎が言う。

「お京さんがまだですが」

「うん、お京さんにはちょっと頼んだ仕事があってね。用が済んだら間もなく来るだろう。いやいや、みなさん、ご苦労様。実はね、弥太さんと左内さんのおかげで、辻斬りの正体がわかった」

「へえ、ほんとですか」

「旗本の若い次男三男が山城屋から金をもらって殺してたんだよ」

「やっぱり山城屋ですか。悪の元締めは」

徳次郎が苦い顔。

「先月の三人だけじゃない。ここ一年ほど、ずっと人斬りをやってたんだ」

勘兵衛は山岸倉之助が証拠として保管していた書付を取り出す。

「これがみんな人殺しの依頼状だ」

「大家さん、それをどこで」

「辻斬りは五人、いずれも湯島の山岸道場の門弟で、腕は立つが出世の見込みのない冷飯食い。山城屋から出た謝礼で酒を飲んだり岡場所で遊んだりしてたのさ」

「旗本の値打ちもなくなったね」

「だけど、一年もよくばれませんでしたね」

「あの瓦版が出なければ、今もばれずに続いていたかもしれない。山城屋と大奥との不正を調べていた公儀目付の中村帯刀さんは少しは腕が立ったそうだ。それで五人掛かりでもちょっと手こずったんだろう。斬り結んでいるところを人に見られ、噂が広がり、瓦版に書かれた」

玄信がうなずく。

「なるほど、よくわかります」

「次に近江屋佐兵衛さんは女房のお多恵さんが祈禱師との不義で懐妊したと知り、また山城屋がお多恵さんやその父親のつながりで大奥御用達になったこともあり、女房とも山城屋とも言い争っていた。放っておくと訴え出られるかもしれない。老舗の大店に訴えられては元も子もない。そこで句会の帰りにばっさりだ。それを見ていて、近江屋までわざわざ強請りに行った遊び人五郎蔵も殺されたが、こいつが意外に手強く五人に歯向かってひとりを殺し、それがきっかけで辻斬りの正体がわかった」

「大家殿」

左内が言う。

「その書付をお持ちとは、道場へ行っておられましたか」

「うむ、山岸道場、わたしが元服前から通っていた。今の道場主山岸倉之助は幼馴染、腕はわたしと互角だった」

「ええっ、じゃ、大家さん、その道場主と」

「遺恨のないよう真剣勝負で片をつけた」

「じゃ、相手を」

うなずく勘兵衛。

「そりゃ無茶だ」

半次が顔をしかめる。

「互角の相手と真剣勝負だなんて。もしも、いや、こんなこと言っちゃあれだけど、もしも大家さんが負けてたら、この長屋はどうなるんです」

「そのときは、ご家老が新しい勘兵衛を見つけてくださるさ」

「そんなのいやですよ、あたし」

いつの間にかお京が部屋の中にいる。

「あ、お京さん」

「大家さんは、あたし、この勘兵衛さんでなきゃ、いや」

じっとお京に見つめられ、どぎまぎする勘兵衛。

「あ、ごめんなさい。大奥に行ってきました」

「うん、ご苦労さん」

「初めて行ったけど、すごいところですねえ。大奥って」

「へえ」

「近いうちに上様のお母上の淑徳院《しゅくとくいん》様のご法要があるというので、準備が大変みたいです。何から何まで新調するとなると、どれだけお金がかかるんでしょうね。仏壇仏具を納めるのが新しく御用達となった山城屋」

「山城屋、儲けるんだろうなあ」

　徳次郎が顔をしかめる。

「大家さんのお指図で、御年寄の滝路様に張り付いて、探ってきましたが、ちょっと気になることがあります」

「ほう」

「上様ご側室《そくしつ》のお常《つね》の方《かた》様。これが大変美しく、ご寵愛もあるのですが、なかなか子が生まれない。そこで滝路様は子宝の絶対授かる隆善の祈禱を勧めておられ、お方様もたいそうな乗り気」

「でも、お方様は江戸城の外へ出るのは難しいだろう。出られたとしても、胡散臭《うさんくさ》い祈禱所は無理だな」

「そうなんですよねえ。そこで隆善を高僧に仕立てる工夫。寺社奉行を動かしているので、しばしお待ちをと」

「へえ」

「が、どうしても待てないのなら、あともうひと工夫いたしましょうと」

半次が口をとがらせる。

「寺社奉行を動かして、偽祈禱師を高僧に。とんでもねえや」

「あっ、そうか」

玄信が声を出す。

「どうしました、先生」

「わかりましたぞ」

「何がです」

「隆善をすぐに大奥へ引き入れる工夫です」

「高僧に仕立てて」

「いや、千両万両使って、寺社奉行を動かしても、厄介な手続きがあり、朝廷へ使いを出し、行ったり来たり、隆善にもそれなりの知識を詰め込まねばなりません。ひと月やふた月では無理でしょう」

「じゃあ、その工夫というのは」

「なんのために仏具商の山城屋が大奥御用達になったのか」

「はあ」

「ですから、大奥で使う仏壇、並みの大きさではありますまい」

「はあ」

「隠し戸棚のある特注品、納める品はお広敷で役人が点検しますが、その役人というのが竹内清右衛門」

「あっ、そうか」

　今度は勘兵衛はうなずく。

「仏壇の中に隆善を忍ばせるんですね」

「その通り。お広敷を素通りし、大奥では滝路とその一党が待ち構え、隆善とお常の方様を引き合わせて、例のご祈禱をします。それでご側室がご懐妊ともなれば」

「えええっ」

「男子ならば将軍、とまではいかずとも、末はお大名は間違いなし」

「その秘密を握る山城屋は大奥や大名家を食い物にできるってわけか。お京さん、法要はいつだった」

「十日後です」

「じゃあ、その前に仏壇は納めるだろう。井筒屋さんからご家老にお伝えしてもらおう。お広敷で仏壇から色男が現れれば、山城屋も隆善も竹内清右衛門もみんなおしまいだな」

四

柳橋の茶屋で四人が密会していた。

座敷の上座にはお忍びの老中松平若狭介、その脇に松平家江戸家老の田島半太夫、下座には井筒屋作左衛門と田所町大家勘兵衛が平伏している。

若狭介が声をかける。

「勘兵衛よ。一枚の瓦版より、よくぞ調べた」

「ははあ、ありがたきお言葉」

「巷《ちまた》で横行する悪事、大奥での不正、あらかたはわかったが、さて、このあと、どう始末をつけようかのう」

「悪事の張本は室町の仏具商、山城屋惣五郎にございます。子宝を願う人々の弱みにつけ込み、偽祈禱所に善男善女を引きずり込み、祈禱と称して女人を犯し、喜捨と称して金を奪い、巨万の財を成しました」

　横から井筒屋が言う。

「大変な勢いの成り上がりです。わたしなどはとてもかないません。なにしろ、祈禱所は日に千両、魚河岸や吉原にも負けてはいませんよ」

「ほう、そんなに利があるのか」

「なにしろ、元手いらずでございますので」

　勘兵衛が言う。

「金の力で豪商となり、金の力で悪事をもみ消し、金の力で大奥や寺社方にも手を伸ばし、力を広げようとしております」

「して、勘兵衛、この者どもの始末、いかがいたそうかのう」

「畏れながら、近々大奥にて行われます淑徳院様のご法要、その際に新調の仏壇を山城屋が納めます。おそらくはその中に祈禱師隆善を隠し、御年寄滝路様の手の者たちで大奥内に引き込み、お常の方様に淫らな祈禱を施すかと思われます」

「おお、滝路様ならば、あり得るのう」

「その納入の折、お広敷で現場を押さえれば、隆善、山城屋の悪事は明白となりまする」

思案する若狭介。

「となると、ご法要の前に大奥は大混乱となろう」

「いかがでございましょう」

「うむ、それも一手ではあろうが、大奥の騒動で法要に疵《きず》を残すのは得策ではないな。大事にせずとも、山城屋と隆善が罰せられれば滝路様と寺社奉行はおとなしくなろう。山城屋が刺客に指図した書付、それで町奉行所を動かせる。大奥に仏具納入する前に、山城屋に踏み込ませよう」

「さようでございますか。では、隆善の祈禱所も、やはり町方が手入れいたしますか」

「そこなのじゃ、勘兵衛」

若狭介は大きくため息をつく。

「邪《よこしま》な祈禱で女子を犯し、金を集める憎き祈禱師。女犯の僧ならば死罪は必定《ひつじょう》、が、隆善は僧ではない。神官でもない。ただの種付け馬にすぎぬ。隆善の犯したる罪が公然となれば、どうなる」

「はあ」

「祈禱所はいつごろできたかの」

「四年前でございます」

「その間、いかほどの女子に祈禱を施したであろうか」

勘兵衛は頭の中で算盤をはじく。

「行列はあれど、奥での祈禱はせいぜい一日に五人、年に千八百回。四年ならば述べ七千回になりましょう。中にはひとりで十回、二十回の女子もおるよし。にしても、隆善の種を宿したる女子、おびただしいかと」

「そうなのじゃ。すると四年で千人や二千人の女子が隆善の種を宿しておろう。おかげで夫婦円満になった家もあろう。跡取りができて潰れずに済んだ武家もあろう。たとえ隆善の種で生まれた不義の子であっても、子は宝、生まれた子に罪はない」

「では、隆善と祈禱所の始末はいかように」

「民を養うことこそ治国の基本である。わしがそなたら隠密を長屋の住人として町に放ったのは、民の幸せを願ってのことじゃ。今、隆善の悪事が明るみに出れば、世の多くの夫婦、多くの子らが不幸になろう」

「では、隆善の罪を不問にいたしますか」

「勘兵衛、そのほうならどう決着をつける」

勘兵衛は首をひねって、うなずく。

「ははあ、お任せくださいませ」


室町の仏具商山城屋に町奉行所の捕吏が手入れに入り、奉公人はことごとく捕縛され、家財は没収となったが、主人の惣五郎はその直前に姿を消していた。

田所町の勘兵衛長屋の木戸が深夜、そっと開けられた。

現れたのは九人の店子、お京と弥太郎は黒装束、左内はいつもの通りだが、今夜は半次、徳次郎、玄信までが袴《はかま》を着けて二本差しの武家である。大柄な熊吉は大槌《おおづち》を抱え、小柄《こがら》な二平は鋳掛屋の道具箱を手にしている。

「じゃあ、あたしはもう歳だから、今夜は留守番だ。みんな頼んだよ」

お梅がそっと木戸を閉める。

亀屋の前で鉢巻に襷《たすき》掛けの勘兵衛が待っている。

「おっ、大家さん、今夜は決まってますね。まるで芝居の宮本武蔵《みやもとむさし》だ」

半次がうれしそうに言う。

「うん、おまえさんたちも、こうしてみるとやっぱり元は侍だな」

「大家さんには負けますよ」

「お京さん、例のものは」

「はい、お梅さんから預かっております」

「熊さんも二平さんも、今夜は頼みますよ」

「へーい」

「目指すは本所亀沢町、各々方《おのおのがた》、いざ、参りますぞ」

　みなみな小声で、

「えいえいおー」


　本所の町は寝静まっている。

　隆善の祈禱所も外から見たところ、いつもと変わらない。

　中では山城屋惣五郎が大男の虎吉《とらきち》に指図して、祭壇の床下を手燭《てしょく》で照らしていくつもの千両箱を取り出している。

　ふたりの巫女に挟まれておろおろする隆善。

「旦那、大奥へ行ってお局様の相手をするのは、取りやめかい」

「馬鹿野郎、それどころじゃねえや。だけど、なんで手が回ったんだろうなあ。おい、若様方、おまえさんたちがしくじったのが、今度の命とりだ。ふたりも殺されやがって、どうせそこから足がついたんだろう」

三人の若侍、吉村為次郎、谷垣幸三、相馬右京が顔を見合わせる。

「俺たちはもう、家には帰れない。床下にそれだけあるんだ。手切れ金に千両とは言わん。ひとり百両でも二百両でもくれ。上方にでも消えるから」

「百両、二百両だと。冗談じゃねえ」

「おい、山城屋、俺たちを甘く見るなよ。おまえのためにどれだけ邪魔者を片付けてやったか」

「そのおかげで手が回ったんだ。今はてめえらが邪魔者なんだ。金はやらねえ。とっとと上方でもどこにでも失せやがれ」

「ほざくな」

「まあまあ、旦那も若様たちも、こんなところで仲間割れしないで」

「隆善、てめえ、馬鹿か。いつ踏み込まれるかしれねえときに、なにがまあまあだ。それにこんな侍風吹かしたやつら、仲間でもなんでもねえ。金で雇った人殺しの犬だよ、犬」

「なにをっ」

「まあまあ、若様たち、こんなに金はあるんだ。路銀なら、あたしから差し上げますよ」

「こら、てめえ、出すぎた真似するんじゃねえ。これはみんな俺の金だ。店の家財は全部お上に没収だが、金だけはここに隠しておいてよかったぜ」

「いいじゃないか、旦那。この金は元はといえば、あたしがこの体を張って稼いだ金だよ。吉原じゃ、男が女に金を払うけど、ここじゃ、あたしが男の花魁《おいらん》みたいなもんさ。中にはしつこい嫌な女もいたけど、商売だと思うから、頑張って種付けで稼いだんじゃないか」

「てめえひとりで稼いだわけじゃあるめえ。祈禱所を建てて、売れない色子《いろこ》あがりの小芝居役者を生き神様に仕立ててやったのは俺だぞ」

「感謝してますよ、旦那。惜しかったねえ。あの寺社奉行、あれでけっこう男が好き。あたしを僧正様か上人様にしてやるなんて言って、結局ぱあになっちゃった。ああ、明日からあたし、どうしたらいいんだろう。もう小芝居には戻れないしねえ」

「勝手にしろ」

「でも、そんだけあるんだから、あたしには千両箱ひとつぐらいおくれよ。ね、それだけの値打ちの仕事はしただろ。千両あれば、この子らふたりといっしょに仲良くのんびり暮らせるからね」

「隆善様、うれしい」

隆善にすがりつくふたりの巫女。

ぽかんと山城屋と隆善のやりとりを見ている三人の若侍。

「どうでもいいけど、百両でも二百両でもくれ。俺たちはすぐに出ていくから」

どん、どん、と外から扉を叩く音がする。

「なんだ。おい虎吉、見てこい」

「へーい」

虎吉が床下から這い出し、入口へ出ていく。

「旦那、大変だ」

「どうした、虎吉」

「だれかしらないが、表の扉を叩いてますぜ」

「しまった。もう来やがったか」

大広間に飛び出してきた山城屋を燭台が照らす。

「出てきたな」

待ち受けるのは、勘兵衛長屋の面々である。

広間にいる一団を見てぎょっとする山城屋。

「おう、てめえら町方じゃねえな。勝手に入ってきやがって、なにものだ」

勘兵衛が名乗る。

「わたしは長屋の大家だが、元は勘定方でね。帳尻を合わせるのが仕事だった。悪事を働きいい思いをしている腹黒い輩を世の中からなくせば、その分、つつましく生きている正直者の暮らし向きがよくなる。それで世の中の帳尻が合うんだ」

「ちぇっ、なに寝言ほざいてやがる」

山城屋はあとから出てきた三人の若侍に言う。

「若様たち、こうなったら千両箱から好きなだけ持ってってていいぜ。その代わり、ここにいるやつら、片付けてくだせえ」

「しょうがないな。やるか」

「おう」

三人の若侍が剣を抜く。

「吉村為次郎殿」

呼ばれてはっとする吉村。

「以前、山岸道場でお手合わせした隠居でござる」

「だれだ」

「おお、あなたでしたか」

吉村は不敵な笑みを浮かべる。

「あのときは木刀だったが、私は本身のほうが使い勝手がいい。あなたはどうです。真剣ならば、負けませんよ、ご老体」

あっけにとられる谷垣と相馬に左内が言う。

「では、そちらのおふたりは拙者が立ち合おう」

顔を見合わせ、うなずきあい、左内に向かうふたり。

とその瞬間、左内の柄頭《つかがしら》が谷垣の鳩尾《みぞおち》を突き、肘《ひじ》が相馬の顔面を叩きつけた。無言で倒れるふたり。

勘兵衛と吉村は間合いをとって睨み合う。

吉村が距離を詰めると、勘兵衛は静かに後ろに退く。

「だあっ」

掛け声とともに剣を振り下ろす吉村。

さっとかわした勘兵衛の剣が峰打ちで吉村を叩く。吉村はそのまま二、三歩、歩いて膝から地につき、気絶する。

「虎吉、行けっ」

山城屋の掛け声で虎吉が金棒《かなぼう》をぶんぶん振り回して暴れる。

「うおおお」

「こいつは危ないや」

みなが避けるなか、大槌を構えた熊吉が前に出て、虎吉の金棒と打ち合う。

虎吉の振り下ろす金棒を、熊吉が鋼《はがね》の籠手《こて》で跳ね返し、大槌で虎吉の腹をぶちのめす。

「ぐええっ」

壁にぶち当たり、倒れる虎吉。

「勘弁してくれ、金はみんなやるから」

山城屋が手をついて、泣きべそをかいている。

「どうします」

「縛って番屋に突き出すか」

「それがいいな」

その隙をついて、いきなり匕首《あいくち》を勘兵衛に向ける山城屋。

「うっ」

のけぞって倒れたのは山城屋だった。

「え、どうなったんだ」

「へへ、あたしです」

二平の手には吹矢の筒。山城屋の額には細い吹矢が刺さっていた。

「いえね、こいつ、まだ何かやりそうだったんで、そっと構えてたんです。危ないところでしたね、大家さん」

「わあ、すごい武器ですね、二平さん」

気を失った山城屋を見て半次が感嘆する。

「いやあ、命拾いしたよ」

「あたしもほっとしました。このまま出番がないとどうしようかと」

二平が笑う。

「あ、隆善がいない」

祭壇の奥からお京が隆善と巫女ふたりを引き出してくる。

「こいつら、裏口から逃げようとしてましたよ」

「みなさん、どうかお手柔らかに」

手を合わせる隆善。

「じゃあ、みんな、あとは仕上げだな。全員縛り上げるんだ」

翌朝、本所亀沢町の祈禱所の前に立て札が立っていた。

隆善上人がこの世の禍《わざわい》を取り除くため、本日九つに大川《おおかわ》の畔《ほとり》で極楽浄土へ旅立たれる。よって祈禱所はこれにて閉鎖する。

また南町奉行所の前には逃亡中の山城屋惣五郎と手下の大男、ふたりの巫女、三人の若侍が縛られて門前に投げ込まれていた。

大川の河原に隆善の祈禱所にあった祭壇が移され、周囲に注連縄《しめなわ》が張られており、善男善女が取り囲んでいた。

九つの鐘とともに祭壇の戸が開き、金襴《きんらん》の法衣をまとった隆善が目を閉じて座り、その側に巫女に扮したお京と筒袖の熊吉が従い、周囲を睥睨する。

異様な光景に河原の人々が立ちすくむ。人で埋まったのを見計らって、隆善がおごそかな声を発する。

「みなのもの、ようく承《うけたまわ》れ」

静まりかえる河原。

「われは弥勒《みろく》の権化《ごんげ》、天孫我神《てんそんがしん》、隆善上人なるぞ。この世の汚れを清めるため天よりつかわされ、今また極楽浄土へ赴《おもむ》かんとす。かむならび、くにならび、ちならび、運《うん》上天下《じょうてんげ》、かしこみ、かしこみ、もうす」

お京の声。

「隆善様」

それに合わせて、河原の善男善女は祭壇に手を合わせ、口々に隆善の名を称える。

「ものどもよ、いざ、極楽にまいらん」

その声とともに隆善の四方から火花が上がる。

「わあ」

火花に驚き逃げ惑う人々。

誰もいなくなった河原の、祭壇の後ろから半次が顔を出す。

「へへ、こんなもんでよかったですかね」

「うん、隆善の声、しゃべり方、そっくりだった。たいしたもんだよ」

勘兵衛に褒められてにやにやする半次。

「玄信先生の書いたせりふがよかったんでね」

奥からのっそり出てくる玄信。

「いやいや、半次さんの役者もよかったが、二平さんの仕掛け、いやあ、火薬の火加減がなんとも言えず、素晴らしい」

玄信に褒められて、うれしそうな二平である。

「役者といえば、こいつ、どうします」

祭壇の前に転がる隆善。

お京が足で軽く蹴るが、動かない。

「よく眠ってます。お梅さんの薬、すごいわね」

「用済みだ。斬って捨てよう」

左内が言う。

「歯向かいもしないのに、殺すのは可哀そうだ。悪人には違いないが、この男、考えようによっては子のない夫婦にとって、案外救いの神だったかもしれない」

「殺すまでもないわ」

お京が言う。

「お梅さんの薬、頭がぼうっとなって、最近あったことはみんな忘れるんですって。たぶん、ゆうべここであったことも、あたしたちのことも、ひょっとして自分が隆善だったことも、みんな忘れてるかもしれないし」

「なら、こいつも他の連中といっしょに番屋に届けよう。そうそう、玄信先生、今度のこと、隆善上人の極楽往生、紅屋の瓦版に売り込んでくださいよ。ぱあっと広めましょう」

「はい、大家さん、一筆斎玄信、かしこまりました」


江戸城本丸御用部屋で老中一同による評議である。町奉行から死罪の裁可をあおぐ裁許状が届いた。室町の山城屋惣五郎が大奥の御年寄と寺社奉行に多額の賄賂を贈り商売上で不正を働いたとのこと。また山城屋の手先となって人を多数傷つけた虎吉なる大男も老中一同により死罪を決定する。そして、隆善とふたりの巫女は江戸払いとなった。

また目付より山城屋の不正に関わった大奥お広敷用人竹内清右衛門について切腹を求める意見が出され、これも老中で決定する。目付よりは旗本の若い部屋住みが三人病死したとの報告もなされた。

さらに大目付からの懸案で、大奥御年寄の滝路はお役御免の上、他家預けの沙汰。寺社奉行斉木伊勢守も山城屋の不正に関わった件でお役御免となる。

「若狭介殿、お聞き及びか」

牧村能登守が言う。

「淑徳院様のご法要、何から何まで新調し、えらい出費と頭を抱えておったら、滝路殿が罷免なされて、調度は今のままでよかろうとのこと。助かり申した。ほれ、そこもと、以前、大奥の質素倹約が大切であると申されておったな」

「おお、それは何よりでございます」

「若狭介殿、ますますお励みなされよ」

「ありがとう存じまする」


明け六つの鐘が鳴る頃、勘兵衛は毎朝目を覚ます。じわじわと迫る尿意には勝てず、さっと起き上がり、素早く着替えて階段を下りる。

「旦那様、おはようございます。昨夜は大層盛り上がりましたね」

台所で朝餉の支度をしていた番頭の久助が前掛けで手を拭きながら、勘兵衛に挨拶する。

「ああ、おはよう。愉快でちょっと飲みすぎたよ」

厠《かわや》に急ぎ、ささっと用を済ませ、座敷に戻ると、久助が控えている。

「お茶でございます」

「ありがとう、いつもすまないね」

「はい、夕べは井筒屋の旦那の大盤振る舞いで長屋のみなさんもお楽しみでございました」

「井筒屋さんは紅屋の瓦版に大喜びだったな。河原で昇天した生き神様の瓦版、玄信先生の戯作もなかなか好評で売れに売れているらしいからね」

「そろそろ、晦日《みそか》も近うございます」

「もうそうなるかい。てことは、いよいよ冬だな。また長屋のみんなに店賃を用意しなくちゃな。あ、そうだ。今日は長屋を見回ったあと、日本橋まで行ってくるよ」

「何か御用ですか」

「ちょいとした野暮用でね、挨拶したい人がいるんだ」

「ほう、どなたですか」

「ふふ、それは内緒。だから、朝飯は帰ってからでいい」

「承知いたしました。今日もいいお天気でございますよ」

戸を開けると、なるほど、外は快晴である。

長屋の木戸を入ると井戸端で大根を洗っていたお梅が勘兵衛に声をかける。

「大家さん、おはようございます」

「おお、おはよう。お梅さん、いつも早いね」

長屋の店子たちがそれぞれ戸を開けてぽつぽつと顔を出す。

「大家さん、おはようございます。夕べは飲みすぎました」

「おや、大家さん、朝から羽織姿で、どこかお出かけですか」

「うん、ちょっと用があって、日本橋までね」

みんなの顔を見て、挨拶したあと、勘兵衛は急ぎ足で堀留町《ほりどめちょう》、伊勢町、本町、室町と通って日本橋に至る。江戸の町の中心、橋の上に立つと自分がまさに町人として生まれ変わった気分になる。

旅の巡礼が立っていた。五十がらみで筋骨たくましい。

「又さん、来てくれたね」

「ああ、急いで来たよ。もう行くんだな」

「とても七つ立ちとはいかないや」

「四国までか」

「うん、お美津といっしょにね。それと俺が人殺しに引き入れた五人の菩提も弔ってやらなきゃ」

「おまえには感謝している。あの書付でいろいろ不正が片付いた」

「又さん、いざ真剣勝負になって、急に言うんだもんな。やっぱり木剣にしようって」

「そうだよ。真剣だとどちらかが死ぬだろう。俺はおまえを死なせたくなかったんだ。おまえは人殺しの元締めだったが、自分ではだれひとり手にかけていなかったし」

「俺は剣術を教えながら、自分では人を殺したくないからね」

「俺もそうさ。俺とおまえじゃ互角だから、相討ちならどっちも死ぬかもしれない。となると、つまらないじゃないか」

「結局、俺が勝ったけど」

「馬鹿言え、勝ったのは俺のほうだ」

「やっぱり真剣で勝負したほうがよかったかな」

山岸倉之助は笑う。

「倉之助、元気でな。おまえは俺の大事な友達だ」

「又さん、おまえさんも元気で」

橋の上から、遠ざかっていく友が小さく見えなくなるまで、勘兵衛はいつまでも見送っていた。

時代小説

二見時代小説文庫

大江戸《おおえど》秘密《ひみつ》指令《しれい》1 隠密長屋《おんみつながや》の十人《じゅうにん》

二〇二三年 一 月 二十 日 初版発行

著者 伊丹《いたみ》 完《かん》

発行所 株式会社 二見書房
〒一〇一-八四〇五
東京都千代田区神田三崎町二-一八-一一
電話 〇三-三五一五-二三一一 [営業]
〇三-三五一五-二三一三 [編集]
振替 〇〇一七〇-四-二六三九

印刷 株式会社 堀内印刷所
製本 株式会社 村上製本所

 ISBN978-4-576-22195-3
https://www.futami.co.jp/

伊丹 完

大江戸秘密指令

シリーズ

以下続刊

① 隠密長屋の十人

小栗《おぐり》藩主の松平若狭介《わかさのすけ》から「すぐにも死んでくれ」と言われて、権田又十郎《ごんだまたじゅうろう》は息を呑むが、平然と落ち着き払い、ひれ伏して、「ご下命とあらば…」と覚悟を決める。ところが、なんと「この後は日本橋の裏長屋の大家《おおや》として生まれ変わるのじゃ」との下命だった。勘兵衛《かんべえ》と名を変え、藩のはみ出し者たちと共に町人になりすまし、江戸にはびこる悪を懲《こ》らしめるというのだが……。

麻倉一矢

剣客大名 柳生俊平

シリーズ

以下続刊

① 剣客大名 柳生俊平《としひら》 将軍の影目付
② 赤鬚の乱
③ 海賊大名
④ 女弁慶
⑤ 象《ぞう》耳《みみ》公方
⑥ 御前試合
⑦ 将軍の秘《ひ》姫《め》
⑧ 抜け荷大名
⑨ 黄金の市
⑩ 御三卿《ごさんきょう》の乱
⑪ 尾張の虎
⑫ 百万石の賭け
⑬ 陰富大名
⑭ 琉球の舞姫
⑮ 愉悦の大橋
⑯ 龍王の譜
⑰ カピタンの銃
⑱ 浮世絵の女
⑲ 八《や》咫《た》烏《がらす》の罠
⑳ 将軍吉《よし》宗《むね》の大敵

徳川家御一門である久松松平家の越後高田藩主の十一男は将軍家剣術指南役の柳生家一万石の第六代藩主となった。実在の大名の痛快な物語！

早見俊

居眠り同心 影御用

シリーズ

閑職に飛ばされた凄腕の元筆頭同心「居眠り番」
蔵間源之助に舞い降りる影御用とは… !? 完結

① 居眠り同心 影御用 源之助人助け帖
② 朝顔の姫
③ 与力の娘
④ 犬侍の嫁
⑤ 草笛が啼《な》く
⑥ 同心の妹
⑦ 殿さまの貌《かお》
⑧ 信念の人
⑨ 惑いの剣
⑩ 青嵐《せいらん》を斬る
⑪ 風神狩り
⑫ 嵐の予兆
⑬ 七福神斬り
⑭ 名門斬り
⑮ 闇の狐狩り

⑯ 悪手《あくしゅ》斬り
⑰ 無法許さじ
⑱ 十万石を蹴る
⑲ 闇への誘い
⑳ 流麗の刺客
㉑ 虚構斬り
㉒ 春風の軍師
㉓ 炎剣《えんけん》が奔《はし》る
㉔ 野望の埋火《うずみび》（上）
㉕ 野望の埋火（下）
㉖ 幻の赦免船
㉗ 双面の旗本
㉘ 逢魔の天狗
㉙ 正邪の武士道
㉚ 恩讐の香炉

二見時代小説文庫

麻倉一矢

かぶき平八郎荒事始

シリーズ

① かぶき平八郎荒事始 残月二段斬り

② 百万石のお墨付き

新御番役勤め二百石の幕臣・豊島平八郎は、大奥大年寄の姉絵島が巻きこまれた「絵島生島事件」により重追放の罪を得て会津に逃れ、八年ぶりに赦免されて江戸に戻った。事件の真相を探るうち、八代将軍吉宗らの巨大な陰謀が見えてくる。溝口派一刀流の凄腕を買われて二代目市川團十郎の殺陣《たて》師《し》となった平八郎は……。

二見時代小説文庫